朗格彩色童话集

蓝色童话

Lanse Tonghua

[英]安德鲁·朗格　编著

范丽玲　译

内蒙古少年儿童出版社

图书在版编目（CIP）数据

蓝色童话 /（英）安德鲁·朗格编著；范丽玲译
. -- 通辽：内蒙古少年儿童出版社，2021.7
（朗格彩色童话集）
ISBN 978-7-5312-4301-4

Ⅰ.①蓝… Ⅱ.①安… ②范… Ⅲ.①童话—作品集
—世界 Ⅳ.①I18

中国版本图书馆CIP数据核字（2021）第071631号

朗格彩色童话集
蓝色童话
[英]安德鲁·朗格/编著　范丽玲/译

责任编辑：娜　仁
封面设计：张合涛
出　　版：内蒙古少年儿童出版社
地　　址：通辽市科尔沁区霍林河大街312号
邮　　编：028000
电　　话：（0475）8219305
印　　刷：保定市海天印务有限公司
开　　本：787mm×1092mm　1/16
印　　张：9.75
字　　数：105千字
版　　次：2021年7月第1版
印　　次：2021年7月第1次印刷
书　　号：ISBN 978-7-5312-4301-4
定　　价：32.00元

目 录
contents

蓝色童话

蓝色童话

大鼻子王子和甜心公主

　　从前有个国王，一直深爱着一位公主。不幸的是，这位公主被施了魔法，不能和任何人结婚。国王不甘心，就去求仙女帮忙，问她如何才能解除公主的魔法。仙女直言不讳，告诉他："你应该知道，公主非常喜欢一只猫吧。谁要是能踩到那只猫的尾巴，谁就是公主要嫁的人。"

　　这并不是一件特别难的事，国王自认为有能力办得到。于是，他辞别仙女，匆忙赶去见公主。那只猫像往常一样活泼，不停地四处乱窜。国王也不向公主解释，径直去追猫。猫就在他的前方，他跨了一大步，自以为一定能踩到猫的尾巴。不曾想，猫十分狡猾，急转身逃掉了，国王一脚踩空。就这样，国王一连追了八天，始终没有踩到猫的尾巴。他心里骂道："该死的猫，你的尾巴肯定是水银做的，不然为何总摇个不停。"

　　不过，功夫不负有心人，国王最终还是幸运地踩到了猫

的尾巴。那是一天中午，猫睡着了，尾巴刚好露在外面。国王抓住机会，一脚狠狠地踩在猫的尾巴上，猫疼得尖叫了起来，一跃而起，眨眼间变成了一个身材高大的男人。他怒目而视，对国王说道："恭喜你破除了魔法，现在你可以娶公主了。不过，我要报复你。你与公主将有一个儿子，只有他承认自己长着大鼻子时，他才能拥有幸福。要是你把我刚才说的话转告别人，哼哼，你就会立即从这个世界上消失，谁也看不到你，也听不到你的声音。"

国王当然害怕这个巫师，但他壮着胆，朗声大笑："要是我的儿子真有一个大鼻子，难道他自己摸不到，看不到吗？他的眼睛没有失明，手也没有残疾。"国王答道。

巫师没理会他，立即消失了。国王也没时间想太多，立即向公主求婚，公主同意并嫁给了他。婚后不久，国王就染上重病，不久撒手人寰。悲痛万分的王后只好把全部的爱寄托在他们唯一的儿子海尔辛斯身上。

王子有一双世上最美丽的蓝眼睛和一张人见人爱的小嘴。可是，他的鼻子太大了，差不多遮住了半张脸。王后看到他的鼻子，非常伤心。侍女们为了安慰她，说王子的鼻子其实不大，还说历史上罗马名人的鼻子都很大，随便打开一本历史书，里面的英雄人物，没有一个不是长着大鼻子的。王后非常疼爱儿子，听了侍女们的话，心里得到安慰。以后再看儿子时，她也觉得儿子的鼻子没那么大了。

从王子懂事开始，周围的人就倍加呵护他。在他咿呀学语时，人们就给他讲小鼻子人的各种悲惨遭遇。凡是与王子接触的人，也必须是大鼻子。众大臣为了讨好王后，每天回家都要拉自己孩子的鼻子，期望它们能长大一点儿。不过，怎么做都无济于事，他们的鼻子与王子的相比，还是差得太远。

自记事起，王子就开始学习历史。无论提到哪一位著名的王子或是美丽的公主，老师们告诉王子，他（她）们都长着一只大鼻子。

王子的房间挂满了画像，画像中的人物都是大鼻子。王子就这样一天天地长大了，并深信大鼻子的人更英俊。他以自己拥有一只大鼻子而自豪，一点儿也不想让它变小。

不知不觉，王子二十岁了，该结婚了。王后命人将几个邻国公主的画像拿给王子看，这其中就有甜心公主。

甜心公主的父亲是一位伟大的国王，拥有好几个王国。公主长得貌美如花，深深打动了王子，让他爱得不可自拔。在他心里，甜心公主是世间最美的女孩，唯一遗憾的是，她长着一只小巧玲珑的鼻子，他完全不知，这才是她最迷人的地方。这一点令

大臣们很为难，毕竟这么多年来，他们一直嘲笑小鼻子的人。在看到甜心公主的画像后，有些人就脱口而出，嘲笑她的小鼻子。这不，两个大臣就这么做了。王子对这类话题很敏感，认为是在嘲笑他的眼光，当即把他们逐出了王宫。

其他的大臣吸取了这次教训，再不敢随意开口。有位大臣对王子说，男人就得有一只大鼻子，不然一无是处，这是历史事实，不过女孩就不同了。他说，有位著名学者在研究古希腊著作时，发现古希腊美人克利奥帕特拉的鼻子向天翘。

听了他的话后，王子非常高兴，当场奖赏他许多钱财，并立即派人向甜心公主提亲。甜心公主的父王同意了这门婚事，将甜心公主送了过来。王子早就急不可待了，他出城三里亲自迎接公主，想早点一睹芳容。看到公主后，王子欣喜若狂，正想去吻她的玉手时，那个可恶的巫师突然出现了，他一把抓起公主腾空而起，一阵狂风过后，很快就没了踪影，在场的人惊恐不已。

众人连忙想方设法安抚王子，可他就是不听。他向天起誓，不将甜心公主找回来就不回国。王子跨上战马，不带任何随从，满怀悲伤地踏上寻找公主的艰程。

王子不知公主被带到了何方，只能信马由缰地往前走。也不知走了多久，他来到一个大平原。他纵马驰骋了一整天，沿路没有看到一幢房屋。王子一天没进食了，饿得四肢发软。天黑了下来，他看到前方有一丝灯光。

王子骑马向灯光奔去，发现灯光是从一个山洞里射出来的。他敲开洞门，看到一个干瘦、矮小的老妇人，年纪至少有一百岁了。

老妇人戴着一副老花镜，因鼻子太小，眼镜老是往下掉，好半天才稳住。他们对视了一会儿，都大笑了起来，异口同声地说："你的鼻子真好笑！"

笑了一阵后，王子对老妇人（她其实是个仙女，曾帮助过他的父亲）说："尊敬的夫人，请您暂时别取笑我的鼻子了。有劳您给我一点儿食物，我快饿晕了。"

"没问题！"仙女说，"尽管你有一只可笑的大鼻子，但你是我好朋友的儿子。我很敬重你的父亲，我把他当成了我的亲兄弟，不过他的鼻子可比你的漂亮多了。"

"请问，我的鼻子有什么缺陷吗？"王子好奇地问。

"哦，那倒没有！"仙女回答，"不过，实在是比一般人的鼻子大太多了。你别往心里去，你的大鼻子，并不影响你日后成为一个伟大的国王。我是你父亲最好的朋友，他在世时，经常来看望我。我以前也很漂亮，他常夸我呢。现在，我告诉你，我们最后一次见面时，他说了什么。"

"太好了！"王子兴奋地说，"不过，在听您的故事前，有劳您给我一点儿食物吃，这样我听起来会更高兴。"

"你说得很对，我的孩子！"仙女说，"瞧，我忘了这件重要的事了。快进来，我这就给你准备晚餐。你一边吃，一边听我的故事吧。我会简明扼要地叙说的，我知道长舌妇要比大鼻子男人更令人讨厌。我小时候，人们时常夸我话少。他们也这样夸我的母亲，她是王后。我也是一个大国的公主，我父王……"

王子实在不耐烦了，打断了她的话："我想您父王饿了也要吃东西！"

"当然！"仙女说，"你马上就可以吃到食物了。我只是想……"

"实在抱歉，我现在肚子饿得咕咕叫，压根儿不想听您讲故事。"王子生气地说。旋即，他意识到自己有些鲁莽，毕竟他有求于仙女，理应对她礼貌点，再说她年纪那么大了。王子补充道："我知道您的故事很精彩，能讲给我听，是我的福气，会让我立即忘了饥饿。可是，我的马听不懂您在说什么，有劳您给它一点儿马料。"

仙女听了他的赞美开心极了，她一边吩咐仆人赶紧准备晚餐，一边对王子说："稍等片刻，你就可以吃饭了。虽说你的鼻子大得惊人，不过你彬彬有礼，也挺招人喜欢的。"

"可恶的女人，怎么老拿我的鼻子说事。"王子喃喃自语道，"听她的话，大鼻子很可怕，小鼻子才漂亮。要不是饿得发慌，我一定教训这个长舌妇一顿。一个人发现不了自己的缺陷是多么悲哀啊！想必那些当公主的，都被左右的人奉承惯了，她还自以为自己的话少呢！"

饭菜端上来了，仙女一连问了仆人好几百个问题，无非就是想听他们说自己的声音多么悦耳动听。王子听了仆人们的回答，心里暗自想笑，尤其有一个女仆，无论主人问什么，她都赞美主人睿智聪明。

"太棒了！"王子边吃边反省，"到这儿来，让我彻底明白，不听别人的奉承话是多么明智啊！那些喜欢拍马屁的人之所以竭力吹捧我们，就是要掩盖我们自身的缺点。他们颠倒黑白，把丑说成美。哼，我才不会上他们的当呢。我只想听真话，清楚自己的缺点。"

唉！可怜的王子至今还不明白，人们赞美他的大鼻子，其实是在讽刺他，就像仙女的仆人嘲弄仙女一样。王子还注意到，那些女仆常常在背后偷偷地笑。

王子看在眼里，一句话也不愿说。吃下一些食物后，他也不觉得那么饿了。仙女说："王子，有劳你往左边挪一下。你的鼻子太大了，遮住了光线，我看不清桌上的菜了。好了，谢谢！现在该谈一谈你的父亲了。那是四十多年前的事了，我第一次去他的王宫时，他还是个小男孩。后来，我就一直待在这个荒山野岭。你快点告诉我，王宫里有什么变化。夫人还像从前一样喜欢聚会吗？那时她可喜欢各种娱乐活动了，比如跳舞啦，看戏啦，唱歌啦……哦！你的鼻子太大了！我看了非常不习惯！"

"老奶奶，"王子有些生气地说，"请别再提我的鼻子了，无论它是大是小，都跟您没有任何关系。对于我的大鼻子，我很满意，这是上帝的恩赐，我可不希望它变得跟你们一样小。"

"真的生气了，可怜的海尔辛斯。"仙女叹了一口气说，"我可不想惹你生气。相反，我正在竭尽所能地帮助你。怎么说呢，你的鼻子太大了，唉，我不提了。但我要对你说实话，你的鼻子比正常人的大三倍，我正在想办法让它恢复正常。"

王子吃饱了，也越来越没有耐心听仙女数落他的鼻子了。他骑上马，向仙女道谢后，匆忙离开。

一路上，不论他走到哪里，都能听到周围的人对他指指点点，谈论他的鼻子。然而，王子压根儿就不明白自己的鼻子大

有什么过错，相反，他一直以自己的大鼻子而骄傲呢，因为从小到大，人们都在称赞他的鼻子。

仙女衷心地希望王子幸福，见王子不听她的话很苦恼。后来，她终于想出一个好方法。

她把甜心公主关在一座水晶牢笼里，然后让王子找水晶牢笼。看到心爱的甜心公主后，王子心花怒放，恨不得立即砸碎牢笼。可不论他怎么砸，水晶牢笼都安然无恙。王子心里非常绝望。不过，他马上安慰自己，至少现在能看到公主，能与她说话。甜心公主还特地伸出她的玉手，让他亲吻。可是，不管王子如何扭头，因他的鼻子太大了，挡着他的嘴，让他无法吻到公主的手。王子生平第一次意识到自己的鼻子太大了，他叹气说："唉！我终于认识到，我的鼻子太大了！"

话音刚落，水晶牢笼就立即裂成了碎片。仙女出现了，她牵着甜心公主的手，将她交给王子，对他说："好了，我终于成功地解救了你，你得感激我。我之所以一直谈论你的鼻子，就是让你认识到，你的大鼻子有多碍事，多么丑陋，它一点儿也不美，反而是你身上最大的缺陷。你早该知道，自恋让我们无法看清自己的缺陷。就算理智，有时也会遮住我们的眼睛。只有这些缺陷真正妨碍自身的利益时，我们才能发现它们。"

现在，王子的鼻子恢复了正常。从这件事上，他吸取了深刻的教训，更清楚地认识到自身的弱点。很快，他就与甜心公主举行了隆重的婚礼，从此，过着幸福美满的生活。

太阳的东边和月亮的西边

　　从前，有个穷苦的农民，他有一大群孩子，个个长得很漂亮，尤其是小女儿，更是美若天仙。可是家里实在太穷，他们从未吃饱过，也从未穿暖过。

　　有一年的深秋，一个星期四的夜晚，天气很恶劣，屋外狂风怒号，暴雨倾盆，他们家的小木屋也在风雨中摇摇欲坠。农民一家人围在火炉旁，各自忙着自己的事。突然，有人在窗户上连敲了三下。农民连忙起身，打开门，看到一只白熊站在门口。

　　"晚上好。"白熊问候他。

　　"晚上好。"农民回答。

　　"你愿意把小女儿嫁给我吗？如果你同意，你将会变得非常富裕。"白熊说道。

　　农民巴不得早点变得富裕，但他心想：我得征求小女儿的意见才能做决定。于是，他走进屋对家人说："门口来了一只白熊，想娶小女儿为妻，如果她同意，白熊保证从此让大家过上富足的生活。"

小女儿坚决反对，说这完全是骗人的鬼话。无奈，农民只好来到门外，如实告诉白熊，希望他下个星期四晚上再来听答复。白熊走后，农民竭力劝说小女儿，说只要她嫁给白熊，从此大家都能过上好日子，这对她也大有好处。小女儿终于动心，同意出嫁了。她把所有的旧衣服洗得干干净净，缝补好，尽可能把自己打扮得漂漂亮亮，做好了出嫁的准备。

到了星期四的晚上，白熊如约前来。短暂寒暄后，小女儿拎着包裹，坐在白熊的背上，和家人道别。走了一段路后，白熊问她："你怕吗？"

"不，我不怕。"她说。

"抓紧我的毛，就不会摔下来了。"白熊说。

就这样，白熊背着小女儿走了很远的路，来到一座大山前才停下。白熊在石壁上敲了几下，一扇山门打开了，一座城堡映入眼帘。城堡里有很多房间，每间房间都点着明亮的彩灯。在彩灯的映照下，城堡是那么金碧辉煌、光彩夺目。他们来到一间富丽堂皇的大厅，那里摆着一张餐桌，桌上摆满了丰盛的晚餐。一切是那么奢华、美妙，让人叹为观止。

白熊掏出一个银质铃铛递给小女儿，告诉她，想要什么就摇一下铃铛，她想要的东西就会自动出现在她的面前。

晚餐后，天完全黑了。赶了一天的路，小女儿非常疲惫，很想大睡一觉。她掏出铃铛，轻轻一摇，一间卧室就出现在眼前。床早已铺好了，看上去那么柔软舒适，无论是谁都想立即

躺在上面美美地睡上一觉。丝质的枕头，镶金边的窗帘，金质或银质的家具，真是无比奢华，她从未见过。

小女儿太累了，立即熄灯躺下。没一会儿，一个男子悄悄走了进来，睡在了她的身边——他就是白熊。一到晚上，他就脱下熊皮，恢复成人形。可是，小女儿从未看清楚他的脸，因为只有熄灯后，他才能进来，天还没亮，他就得离开。

就这样，他们生活在一起。起初，她觉得很幸福，很甜蜜，心情也十分舒畅。可是时间一长，她就觉得落寞和悲伤，因为每个白天，她只能独守偌大的城堡，而且特别想回去看望她的父母和兄弟姐妹。

有一天，白熊问她还需要什么。她说，她每天白天孤零零地待在城堡里，太寂寞，太乏味。以前在家里，因有兄弟姐妹，大家在一起非常热闹，玩得十分开心，她特别想回去看望一下他们。为此，她非常伤心难过。

"我可以满足你。"白熊说，"不过，你保证不和你母亲单独相处。"白熊接着说，"如果她拉着你的手，硬要把你领到她的房间单独和你谈话，你一定要拒绝她，否则将有巨大的灾难降临在我们头上。"

星期天一大早，白熊来了，告诉她可以回娘家了。像来时一样，她坐在白熊的背上，动身回家。他们走呀走，走了好长时间，走过很多路，来到一栋漂亮的农舍门前才停下。这是小女儿的家，她的兄弟姐妹在院子里嬉戏追逐着，每个人都无比开心。此情此景让她流连忘返。

"瞧，你的家人就住在这里，"白熊说，"切记我的叮嘱，否则我们将会大祸临头。"

"不会的，我会谨记你的叮嘱。"小女儿信誓旦旦地说。说完，她跨进家门。白熊点了一下头，放心地转身返回。

看到小女儿，家人都高兴极了，这种欢乐似乎永远也不会停止。她为全家做出了巨大的贡献，每个人都认为无论怎样感谢她都远远不够。如今，他们生活得非常富足，可以说要什么有什么，而且所要的东西都是世间最好的精品。大家都问她，在那边过得怎样。她回答，一切都好，只要是她想要的，应有尽有。她还回答了一些其他的问题。不过可以肯定的是，关于小女儿的事情，他们其实了解得并不多。

午饭过后，和白熊说的一样，小女儿的母亲想叫她到自己的房间里单独说话。她想起白熊的叮嘱，说什么也不肯去。她告诉母亲，以后会有很多时间单独说话。

可是，耐不住母亲的劝说，她走进了母亲的房间，一五一十地将她与白熊的事告诉了母亲。她说，每晚熄灯后，会有一个男子走进她的卧室，睡在她的身旁，第二天天没亮，他又匆忙离开，从未看清过他的模样。每个白天，她独守偌大的城堡，非常孤独。她最后说，要是能看清他的模样，哪怕只看一眼，她就心满意足了。

"天哪！"母亲惊叫起来，"那个男子该不会是传说中的侏儒吧！不过，我教给你一个方法，可以让你看清他的模样。我给你一支蜡烛，你藏在胸口带走。等他睡着以后，点上蜡烛看他，记住，千万别让蜡油滴在他身上。"

小女儿接过蜡烛，小心翼翼地把它藏在胸口。天快黑时，白熊过来接她回去。走了一段路后，白熊问她，有没有同你母亲单独在一起谈话，她低头承认了。

"如果你按照你母亲说的去做，那么巨大的灾难将会降临在我们头上。"白熊说。

"不，"她说，"我不会那样做的。"

回到家后，她非常疲惫了，像往日一样，立即倒在床上睡着了。白熊也恢复了人形，进来睡在她的身边。睡到半夜，她醒了，听到身边男子发出均匀的呼吸声。不用说，他正睡得香甜。这时，她想起了母亲的话，便掏出蜡烛点燃，将蜡烛移到男子上方，让烛光彻底照亮他的脸庞。多英俊的一张脸啊！她相信这是她见过的最英俊的王子的脸！只看一眼，她就不可自拔地爱上了他。如果不趁机亲吻一下他，她活在这个世上还有什么意义呢？她俯下身，亲吻了他。不曾想，三滴蜡烛油在她俯身时，滴在他洁白的衬衫上。

男子被惊醒了，恼怒地说："你骗了我，终于听你母亲的

话做了傻事，毁了我们的幸福。只要你再忍受一年，我就能完全恢复自由，不用白天变成白熊的模样了。几年前，我的继母嫉妒我，对我施了魔法，让我白天变成一只白熊，晚上才能恢复人形。现在，一切都要结束了，我不得不离开你，回到继母身边，她居住在太阳的东边和月亮的西边的一个城堡里。那里还有一位公主，她的鼻子足有三米长，而我却不得不娶她为妻。"

小女儿悲伤地痛哭起来，可是王子别无选择必须得走。小女儿想和他一起走，他说绝对不行。

"那好，请你告诉我，如何去那个城堡，我去找你。"

"不错，你可以来找我。"王子说，"可是，城堡在太阳的东边和月亮的西边，根本没有路能到达那儿，你今生今世也不可能到那儿的。"

第二天天一亮，她一醒来，就发现王子和宫殿失去了踪影，而自己身处密林中，躺在一片绿草地上，陪伴她的只有从家里带来的那个旧包裹。她揉了揉眼睛，从睡梦中醒来后，便放声大哭起来，哭到全身乏力、嗓子哑了才停止。然后，她站了起来，开始蹒跚地向前走。一连走了很多天，她来到一座大山前，看到一位白发苍苍的老妇人正在把玩手中的金苹果。小女儿问她知不知道王子和他继母居住的城堡，它坐落在太阳的东边和月亮的西边。城堡里住着一个鼻子有三米长的公主，王子就要和她举行婚礼了。

"你和王子是怎么认识的？"老妇人问，"难道王子命中注定的妻子就是你吗？"

"是的，就是我。"小女儿说。

"哦，那个姑娘就是你啊！"老妇人说，"我当然知道那座城堡在哪里。不过，它实在太远了，即使你能顺利到达那里，也必将花费好长的时间。这样吧，将我的马借给你，你骑着它去找另一个老妇人，她是我的邻居，她能告诉你有关王子的最新消息。到那儿后，你一定要记得亲自拍一下马的左耳下方，这样我的马就能自己回家。还有，这个金苹果也送给你吧。"

小女儿骑上马，一路策马扬鞭，跑了很远，来到另一座山脚下，果然看到一个老妇人坐在那里，手里拿着一把金梳子。

小女儿立即上前向她鞠了一躬后，问她是否知道去城堡的路。她的回答和前面的那个老妇人完全一样。

"王子和他继母的城堡在太阳的东边和月亮的西边，即便你一路顺风到达那里，也会花很长时间。不过，我可以把马借给你，你骑我的马去找下一个离我最近的老妇人，她应该能告诉你去城堡的路。记住，到那儿后，用手拍一下马的左耳下方，让马自己回家。"然后，她把手里的金梳子给了小女儿，说日后也许能派上用场。

于是，小女儿又骑上马，一路狂奔。跑了很远很远，她又来到了一座大山前，看到一个老妇人正在用金纺轮纺纱。她问老妇人相同的问题："王子和他继母居住的城堡怎么走？太阳的东边和月亮的西边的城堡在哪里？"

"也许王子要娶的姑娘是你。"老妇人说。

"我就是他的妻子。"小女儿说。

可是，这个老妇人知道的同样不多。接下来，老妇人说，"它在太阳的东边和月亮的西边，即使你能够到达那里，也会花很多的时间。不过，你可以骑上我的马去找东风，他有可能知道城堡在哪儿，并会把你吹到那里。记住，见到东风后，要在马的左耳下方拍一下，叫马自己回家。"她还把金纺轮送给了小女儿，说日后也许能派上用场。

于是，小女儿又骑着马赶路，经过枯燥乏味的漫长旅途后，终于来到了东风家。她恳求东风告诉她，如何去王子所在的城堡，城堡在太阳的东边和月亮的西边。

"嗯！"东风说，"我听说过那座城堡。可是我也没去过那里，我的风力小，可吹不了那么远，自然也不知道去那里的路。不过，我的兄弟西风比我有劲得多，去过的地方也比我多，也许他知道如何去那座城堡。如果你愿意去，就趴在我背上，让我带你去他那里吧。"

小女儿表示感谢，立刻趴在东风的背上。东风的速度很快，眨眼的工夫，他们就到了西风家。东风向西风介绍说，他带来了王子心爱的姑娘，王子所住的城堡在太阳的东边和月亮的西边。她历尽艰辛，就是为了去那儿找王子。她想问问你，是否知道去城堡的路。

"我也不知道，"西风遗憾地说，"那座城堡太远了，我也从没去过那里。不过，我可以带你到南风那里，他比我们俩强多了，到过的地方又远又多，远超我们俩，也许他知道怎样去那里。如果你愿意，就趴在我的背上，我带你去找他。"

就这样，小女儿又跟随西风去找南风。不一会儿，他们就到了南风家。西风问南风，如何才能到达太阳的东边和月亮的西边的城堡，并告诉南风眼前的这位姑娘，就是王子的心上人。

"啊！是真的吗？"南风兴奋地说，"她就是那个姑娘？太好了。我天生喜欢四处游荡，也曾到过许多稀奇古怪的地方，可王子的城堡实在太远了，我从不曾吹过那么远。不过，如果你愿意，我可以带你去北风家。他是我们兄弟四个当中，身体最强壮的一个。倘若连他都不知道如何去那儿，恐怕这个世界上就没有人会知道了。来，趴在我的背上，我带你去找他。"

小女儿又坐到了南风的背上。只见南风腾空而起，没多久，他们就远远看到北风的家。北风实在是太强劲和野蛮了，相隔那么远，他们已经感到寒风刺骨。

"你们来我这里干吗？"北风粗鲁地高声喊道，喊声随着一股强劲的寒风袭来，几乎将他们冻僵。

"我是南风啊！"南风应声答道，"这位姑娘，就是住在太阳的东边和月亮的西边城堡里那个王子的心上人。她想问问您到过那儿吗？"

"哦，我去过一次。"北风说，"有一次，我曾把一片白杨树叶吹到了那里。那次可把我累坏了，我一连休息了好几天。要是你急着去那儿，那就随我一起去吧，你老实趴在我的背上，勇敢点别害怕，我试试看能不能把你吹到那里。"

"我必须到那里去，"小女儿斩钉截铁地说，"我毫无畏惧，你飞得越快越好。"

"那好，"北风说，"你先在我这里休息一晚，毕竟去那么远的地方，我们得花一宿时间养精蓄锐。"

第二天一大早，北风叫醒小女儿，待她在背上趴好后，就使出浑身的力气，将自己吹得鼓鼓的，变得非常强壮有力，看着就令人恐惧。他们一跃而起，直插云霄，似乎马上就要飞到世界的尽头。他们的下方，是一股非常猛烈而刺骨的寒潮。一路刮倒了无数的树木、房屋，封冻了数不清的江河湖泊。他们飞到海上，摧毁了好几百艘轮船，他们拼命地飞呀飞呀。飞到后来，北风渐渐没有了力气，越飞越慢，越飞越低，以至海浪都能溅到小女儿的身上。

北风喘着粗气问小女儿："害怕吗？"

小女儿答道："我不怕。"此时，她心里只有心爱的王子，哪里顾得上自身的安危啊。

最后，北风精疲力尽，他用最后一点儿余力，将小女儿抛到海岸上。谢天谢地，小女儿恰好落在太阳的东边和月亮的西边的城堡的窗下。此时，北风全身乏力，他降落在沙滩上不停地喘着气。他要在沙滩上休息几天，以便积蓄力量回家。

第二天清晨，小女儿坐在城堡的墙角，不停地把玩金苹果。她看到的第一个人就是要嫁给王子的那个长着三米长鼻子的公主。

"姑娘，你那个金苹果打算卖多少钱？"公主打开窗户，对下方的小女儿说。

"无论多少钱，我都不卖。"小女儿说。

"那么，用什么东西可以交换它呢？你想要什么，我都满足你。"公主说。

"好啊！要是你能让我今晚单独和王子在一起的话，我就把金苹果送给你。"小女儿说。

公主为了得到金苹果答应了她。不过，她设下了圈套，当小女儿来到王子的房间时，王子早已酣然入睡了。任凭可怜的小女儿如何痛哭，如何喊他、摇他，他依旧死死地睡着，没有醒来。

第二天天刚亮，小女儿就被公主赶了出去。白天，她只好继续坐在窗户下，用金梳子梳头。和昨天一样，公主问她怎样才能交换金梳子。她依旧是同样的回答，说这把金梳子多少钱也不卖，只要让她晚上和王子在一起，她才肯送给公主。可是等到晚上，当她又来到王子的房间时，王子还是睡着了。无论她怎么摇他、喊他或者大声地哭泣，他都不醒。天刚微微发亮，她又被公主赶了出去。

天大亮以后，小女儿又来到窗户下，开始用金纺轮纺纱。公主看到后，还想要金纺轮。她打开窗户，问小女儿用什么东西可以换。小女儿还是相同的回答，只求晚上和王子在一起。

"好吧！"公主说，"我很乐意帮助你。"

王子隔壁的房间里，刚好关押着一些人。接连两天，他们都听到一个女人在哭喊着叫王子。于是，他们悄悄地把这件事告诉了王子。第三天晚上，当公主送来王子睡前要喝的汤时，王子趁她转过身，偷偷把放了安眠药的汤倒掉了。这样，当小女儿进来时，王子一下子就认出了她，两人相拥而泣。小女儿把她历尽千辛万苦，来到这里找他的经过诉说了一遍。

"你来得正好，"王子说，"只有你能救我，我不愿意娶那个长鼻子公主，尽管我明天就要同她结婚了。在明天的婚礼上，我会当众宣布，想考验一下新娘的能力，然后叫她去洗那件滴有蜡油的衬衫。她当然会认为是小事一桩，肯定满口答应。但她不会想到，那是你滴上去的，如果不是我真正喜欢的人，是不可能洗掉它的，那些女巫，谁也不能帮她洗掉。到那时我会说，谁能洗掉这些蜡油，谁就是我的妻子。我知道，只有你才能把它洗掉。"

就这样，一整晚他们相拥在一起，沉浸在久别重逢的快乐之中。

第二天婚礼开始前，王子突然朗声说："我想看看，新娘有什么能力。"

继母说："当然可以。"

王子说："我有一件华丽的衬衫，原想在今天婚礼上穿，可惜它上面有三滴蜡油。我发过誓，只有能洗掉这些蜡油的人，我才同意与她结婚。连蜡油都洗不掉的人，不配嫁我为妻。"

女巫们心想：这太简单了，于是很爽快地同意了。公主开始去洗，可是无论她如何努力，那些污渍不仅没有洗掉，反而越来越大。

"哎！你根本不会洗！"继母说，"让我洗吧！"可是，她却越洗越黑。

所有女巫都聚了过来，上前清洗衬衫，结果污渍越洗越黑，黑得简直如同从烟囱爬出来的一样。

"啊！"王子大叫起来，"你们把我的衣服洗坏了！窗外有个姑娘，我敢肯定她比你们能干多了！你过来！"他大声地冲姑娘喊着。

小女儿应声而至。"你能把这件衬衫洗干净吗？"王子说。"不好说，我乐意试试。"小女儿回答。只见她刚把衬衫浸入水中，衬衫立即变得雪白，和新的一模一样。

"我要娶你为妻！"王子说。

　　继母、公主，还有其他女巫们，知道王子心爱的姑娘救了他，都灰溜溜地逃走了。自那以后，再也没有谁听到过她们的消息了。

　　王子和他美丽的新娘把关在城堡里的人全放了。他们带着所有的金银珠宝，离开了这座在太阳的东边和月亮的西边的城堡。

小矮人

很久以前，有个王后，生了很多孩子，可只有一个女儿存活了下来，这个女儿自然被王后视为掌上明珠。国王病逝后，王后的心里便只有女儿了，在这个世上，还有谁比自己的女儿更值得她去关心呢？王后特别害怕失去这个宝贝女儿，因而对她百依百顺，即便她有什么明显的过错或缺点，她也从不批评指正。唉，小公主实在是被惯坏了，虽说她貌美如花，而且是王位的唯一继承人，可是长大后的她却非常孤傲、任性，不仅痴迷于自己的美貌，更是目空一切，从不礼貌待人。

在王后和众人的吹捧下，公主觉得世间没有什么东西配得上自己。她总是身着最奢华、最漂亮的衣服，打扮得像仙女下凡，跟随她的侍女也都如林中仙女。

为了给女儿物色一个好丈夫，王后请来天下最著名的画师为她画像，并把画像送到那些友好的邻国。这使公主更加自以为是，目中无人。

凡是看过画像的国王或王子，没有不迷恋公主的。瞧瞧那些痴情的人吧，有的得了相思病，有的发了疯，至于那些头脑还保持清醒的，则马不停蹄赶来拜见公主，一睹她的芳容。见到她的真人后，他们无一例外像丢了魂一样，彻底拜倒在她的石榴裙下，成了她的奴隶。

自国王病逝后，原本冷清的王宫从此热闹非凡。二十多位玉树临风、人见人爱的国王或王子想方设法讨好公主。为博得公主一笑，他们不惜一掷千金。能得到公主的赞许，他们就像中了头彩，兴奋得手舞足蹈。

公主受众人爱慕，王后欣喜若狂。每天公主都会收到七八千首情诗，还有同等数量的情歌和颂曲。它们出自世界各地的诗人、音乐家之手，都对贝丽兹玛——公主的名字，不吝赞美之词。一堆堆用诗篇燃起的篝火，比任何木柴烧得更旺，发出的亮光更亮，声响更强。

公主已年满十五岁了，每个国王或王子都想迎娶她，可是他们竟无一人敢开口求婚，怕惹她不高兴。要知道，只要公主能开心，他们宁可立即赴死，哪怕掉头，也无怨无悔。遗憾的是，公主对这些人毫无兴趣。王后心急如焚，她希望女儿认真挑选夫君，不要当作儿戏，可她也不知怎样劝说女儿。

"贝丽兹玛，"王后实在忍不住了，说道，"这些国王或王子都非常优秀，希望你尊重他们，在他们中挑选一个结婚，别总是令我失望。"

"母后！"贝丽兹玛回答，"我不喜欢他们中的任何一个人，你就别烦我了。"

"无论哪一位国王或王子，都和你很般配。不论你和其中任何一个结婚，我相信你都会非常幸福的。"王后说，"要是你嫁给一个根本配不上你的人，我也不会同意的。"

然而，在公主眼里，无论是智慧，还是容貌，他们之中无人能配得上自己。因此，她毫不妥协。王后气得浑身发抖，她非常后悔自己惯坏了公主，导致她如今这么任性。

王后实在拿公主没辙了，只好求助于人称"沙漠仙女"的女巫。她养了一群凶恶的狮子，要去她那里可不是一件容易的事。幸亏王后早就听人说，那些狮子特别喜欢吃面粉、砂糖和鳄鱼蛋做的蛋糕，将它们喂饱了才能顺利到达仙女的住处。王后选用最好的食材，亲自做好蛋糕，放入篮子里，动身去找沙漠仙女。

她平时养尊处优，极少徒步远行，因而没走多远，她就累得气喘吁吁，感到全身乏力，便在一棵大树下休息。也许是太累了，她很快进入梦乡。醒来时，她大吃一惊，发现篮子里空空如也，所有的蛋糕不见了踪影。更令她惊恐不已的是，狮子远远看到了她，怒吼着，张开血盆大口正向她靠近。

"怎么办呢？"王后惊叫道，"狮子朝我扑过来了。"她吓得瘫坐在地上，四肢不听自己使唤了，斜靠在树上放声痛哭。

突然，两声"嗨！嗨！"传入她的耳中。她抬起头环顾四周，看到有个小矮人正坐在树枝上悠闲地吃着橘子。

"嗨！王后！"他说，"我能体会得到你的害怕，谁见了那些狮子不怕呢？没有蛋糕送给它们，你可别指望它们放过你。"

"看来，我逃不掉了。"王后可怜兮兮地说，"哎，如果

我的宝贝女儿找到了自己的爱人，我倒也不怕死亡。"

"哦！你有一个宝贝女儿？"小矮人兴奋地叫了起来（他住在橘子树上，长着一张黄脸，个子很矮，所以叫他小矮人），"这真是个好消息！我一直在寻觅一个好妻子呢。这样吧，如果你答应把女儿嫁给我，不管是狮子，还是老虎，我保证你毫发无损。"

看了他那张像橘子一样长满褶皱的小脸，王后早就吓傻了，半晌说不出一句话来。

"王后！你没时间犹豫了。"小矮人喊道，"你回头看一下吧，狮子就要扑上来了。"王后急忙回头，看到狮子正从山坡向她扑来。

王后吓得浑身瑟瑟颤抖，就像小鸟见到老鹰一样。她撕心裂肺地惊叫道："啊！亲爱的矮人先生，我答应把女儿许配给你。"

"嗯！是吗？"小矮人轻蔑地说，"听说你的女儿非常漂亮，我怕高攀不上，还是让她陪着你吧。"

"啊！伟大的先生，贝丽兹玛是世界上最美丽的公主，请别这么快拒绝！"无助的王后苦苦哀求。

"嗯！那好吧！"小矮人勉强答应，"我就大发慈悲，娶她为妻吧！不过，你要谨记，她从今往后属于我了。"

话音刚落，橘子树的树干上就开出了一扇小门，王后立即钻了进去。真是惊险万分，门刚关上，狮子的利爪就拍在了门上。

王后早已吓得六神无主，哪里注意到橘子树上有这么一扇小门。好半天，她才缓过神来，发现自己站在一片长着荨麻和蓟草的草地上，周围全是水沟。离她不远处有一间小草屋。小矮人脚穿木屐、身披黄色大衣，正春风得意地向她走来，因是光头，耳朵又很大，看上去就像是一个小怪物。

"我很开心，"他对王后说，"我即将成为您的女婿。您的宝贝女儿贝丽兹玛，从今往后将同我生活在这间小草屋里。这里有大把大把的荨麻和蓟草，她可以随时拿去喂驴，如果她喜欢，还可以骑上它，四处游逛。我的小屋虽然有些简陋，但足以遮风挡雨。瞧，那条小溪里的水多清澈，可以尽情地喝，里面的青蛙长得很肥壮，烤着吃特别香脆可口。我会随时随地陪在她身旁，保准她不会孤独。您瞧，我是多么英俊潇洒，又和蔼可亲，聪明伶俐，我们在一起必定快乐无比。我想她一见到我，就会爱上我，再也离不开我了。"

将女儿嫁给这个丑八怪，王后想想就后怕，女儿和他生活在一起，将是多么痛苦，多么悲惨啊！想到这里，她实在难以面对这个残酷的现实，一头栽到地上昏睡了过去。

苏醒后，王后惊讶地发现自己正躺在王宫的床上。可令她纳闷的是，她头上怎么戴着一顶非常漂亮的花边睡帽，她可从未见过它。起初，她以为自己经历的奇遇，什么凶恶的两头狮子、奇丑无比的小矮人、许诺把女儿嫁给小矮人、橘子树、小门和小草屋等，一切都不过是一场梦。可是，当她看到那顶睡帽，她明白了，这一切都是真的。从此，王后郁郁寡欢，整天愁眉不展，再也吃不香、睡不着了。

虽说公主很任性，可她打心眼里尊敬自己的母亲。看到母亲日渐憔悴，她也心如刀绞，不停地问母亲到底出了什么事。可是，王后根本不愿让女儿知道真相，要么推诿说自己病了，要么说邻国威胁要入侵。直觉告诉公主，母亲在搪塞她，这些都不是她惶恐不安的原因，她肯定遇到了迈不过去的坎儿了。于是，她也决定去请教沙漠仙女，她早就听说过仙女非常聪明，肯定能指点自己。同时，她还想借机问问自己的姻缘，现在适不适合出嫁。

她精心制作了一些蛋糕，准备用来安抚那些狮子。一天晚上，她早早回到自己的房间，说玩得有些累，想早点睡。待大家睡熟后，她用面纱把自己的脸严严实实地包裹起来，悄悄地从一个秘密的楼梯里跑了出去，一个人去寻找沙漠仙女。

走了很长时间，她也来到那棵开满鲜花、结满了果实的橘子树前。她停在树下，摘了一些橘子，放下篮子开始吃。等她想再次上路时，发现篮子不见了。她四处寻找，可怎么也找不到。公主心里越来

031

越害怕，最后禁不住大声哭了起来。这时，小矮人突然出现了。

"喂，怎么了，美丽的公主！"他说，"你为什么哭啊？"

公主回答："我的一篮子蛋糕不见了，没有了蛋糕，我就不能平安到达沙漠仙女那里了。"

"公主，你找她干什么呢？"小矮人说，"我是她最要好的朋友，也和她一样聪明。有什么麻烦事，我一定能解决。"

公主回答："我的母亲，也就是王后，最近无比悲痛，照这样下去，我担心她会很快死去。实话对你说吧，她一直催我早日成婚，可我一直没有找到意中人，我想请沙漠仙女指点我，化解母亲的愁绪。"

"公主，你不用自寻烦恼了，"小矮人说，"我告诉你到底是怎么回事。你的母亲，就是王后，已经给你订了婚。"

"什么？给我订了婚，你没有搞错吧。"公主打断他说，"她不可能这么做的，我太了解她了。她不可能不征求我的意见，就将我轻易地许配给他人。她要是选好了对象，肯定早就告诉我了，你就不要骗我了。"

"亲爱的公主，"小矮人突然跪在她面前说，"她已将你许配给了我。我敢说，你知道后肯定高兴极了。"

"许配给你！"公主吓得连连后退，大喊起来，"我母亲怎么会把我嫁给你，你别痴心妄想了。"

"哼！我可不觉得娶你是一件荣幸的事。"小矮人生气地说，"等会儿那些狮子过来，你就永远不会那么高傲了。"

话音刚落，震耳欲聋的咆哮声传入公主的耳中，声音正迅速地向她逼近。

"我该怎么办？"她哭喊着，"我的幸福日子就这样结束了吗？"

恶毒的小矮人露出狰狞的笑容。他说："像你这样美丽的公主，宁肯去死，也不会嫁给我这样的矮人吧。"

"你千万别生气！"公主紧握他的双手说，"我宁愿嫁给世界上最矮的人，也不愿意被可恶的狮子吃掉。"

"公主，请你先仔细看看我后，再答应我。"他说，"别急着许诺。"

"啊！"她喊叫着，"我已经看得够仔细了，快点救我，狮子就要来了，吓死我了。"

说完，她就晕倒在地上。苏醒后，她发现自己正躺在王宫的小床上。晕倒后发生了什么，她是怎样回来的，完全记不清楚了。不过，当她看到自己身上穿的丝带花边长裙，以及手指上那枚用红头发做的小戒指，她才想起对那个小矮人的许诺。想到这里，她不寒而栗。她试图把小戒指摘下来，可怎么用力都无济于事。

看到戒指和花边长裙，回想起那恐怖的一幕，公主痛不欲生，再也没有往日天真无邪的笑容了。整个王宫因为公主的痛苦炸开了锅。最着急的自然是王后，百般询问女儿到底有什么难言之隐，可公主总是说什么也没有。

王公大臣们都急切地盼望公主早日成婚，再三催促王后，尽快为她挑选一个丈夫。王后答复，她最高兴的事就是看到女儿结婚，可是女儿不愿意结婚，她也没有办法。她建议口才好的大臣们亲自去劝说公主。大臣们领命欣然前往。

自从遇见小矮人后，公主像泄了气的皮球，再也没有了往昔的傲气。她心想：也许嫁给一个强国的王子，可以借助他的力量摆脱小矮人的纠缠。她安慰自己说，这是最好的办法。

令大臣们意外的是，他们的劝说比预想的轻松得多。公主说她虽然现在非常幸福，但为了母亲和众大臣们，她同意嫁给金山国的王子。金山国是一个非常强大的国家，王子也长得一表人才。这几年来，他对公主仰慕已久，但从未奢望公主会相中自己。听到这个好消息后，他可以说是心花怒放。

其余的王子自然非常气恼，因为他们再也没有希望和公主结婚了。然而，无论怎样，公主也不可能同时嫁给二十个人。二十选一对她而言也很困难。要知道，过度的虚荣已经让她相信，他们当中无人配得上她。

王宫里开始筹备史无前例的豪华婚礼。金山国王子送来聘礼，码头挤满了运送聘礼的船只。虽然公主拥有举世无双的容貌，不用佩戴任何首饰，也依然光彩夺目，

可是王子仍然准备用稀世珍宝装扮公主，认为这些都是他必须做的。他说，要是没有公主陪伴在自己身旁，他这一生绝不会开心快乐。

长时间的相处，公主越来越喜欢王子了。她感到王子是那么的睿智、慷慨和英俊，他们太幸福了。王子还常常给公主写歌，这是公主非常喜欢的一首：

公主漫步林中，

林中一片欢腾。

处处鲜花怒放，

如雨如雪飘零。

小径满是花瓣，

期待玉足光临。

枝头群芳斗艳，

她的脚步轻盈。

啊，美丽的公主，

听，鸟儿也在唱情歌，

牵手走过神奇的草地，

我们无比甜蜜和温馨！

那些求婚失败的国王或王子，只好伤心欲绝地打道回府。同他们道别时，看到他们落寞、绝望的身影，公主心里十分内疚。

"啊！公主，你这是怎么了？"金山国王子说，"别用可怜的目光看着那些国王或王子，他们那么爱你，最希望看到的就是你的微笑，那将是他们最好的礼物。"

"你有没有注意到，我是多么同情那些国王或王子，我只能深表遗憾。"公主略带伤感，但依旧和颜悦色地说，"他们即将从我的生命里消失。而王子你却不同，你将永远和我生活在一起，你有足够的理由自豪，有足够的时间庆贺。可他们却要带着无比的心酸和绝望离开，你不必为我同情他们而嫉妒。"

金山国王子完全被公主的大度、宽容折服了，他立即跪在公主脚下，不停地亲吻着她的玉手，恳请公主原谅他的冒失。

公主的婚礼准备妥当，最幸福的日子终于来临。街道上到处彩旗飘舞，鲜花盛开。随着号角声起，人们不约而同地如潮水般拥向王宫前面的大广场。

王后兴奋得难以入眠，天刚亮就起来，有条不紊地安排着各项重要的事情。她还亲自为公主挑选佩戴的珠宝首饰。她挑选的全是价值连城的钻石饰品，就连公主的靴子也缀满了钻石。她那银丝丝绸婚礼服上也镶着一串钻石，闪着万道光芒。这些珠宝饰物是多么贵重啊！可即便如此，它们与公主俏丽的容颜相比，也黯然失色。公主头戴金光闪闪的精美王冠，秀美的卷发如瀑布般泻到脚下。在众多侍女的簇拥下，公主鹤立鸡群，她雍容华贵的身影非常惹人注目。

金山国王子同样显得非常高贵，满脸洋溢着幸福。凡是前来向他祝贺的人，他都赠送了礼物。宴会大厅的周围摆着上千个装满金币的木桶，地上还堆放着不计其数的钱袋。袋子用天鹅绒制成，镶满了珍珠和钻石，里面也装满了金币。每袋里金币的数量足有十万多枚。参加宴会的人，只要伸手，就可轻而易举得到钱袋。人们争先恐后地伸出手，无论谁见了，都会说这是婚礼史上最壮观的一幕。

王后领着公主，正准备随王子一起出发时，突然走廊的另一头出现了两条巨大的蛇怪，拖着一只粗制滥造的箱子，正向她们爬来。在箱子的后面，还跟着一个老态龙钟、奇丑无比的老妇人。她上身穿着一件黑色丝绸上衣，下身穿着一条破烂不堪的裙子，借助一根拐杖勉强站直。这个古怪的老妇人一声不吭，拄着拐杖，一步三摇地绕着走廊走了三圈，两条蛇怪紧跟在她的后面。最后，她在走廊中央停了下来，用拐杖狠狠地敲击着地板，大声地吼道："好，好，王后！好，好，公主！你们胆敢公然撕毁和小矮人的婚约，就不怕遭受惩罚吗？要不是小矮人和他的橘树好心帮助你们，你们早就被狮子吃掉了。告诉你们，我就是沙漠仙女，小矮人最要好的邻居。在仙界，我们不能忍受这种背信弃义的侮辱。你们赶快决定怎么办吧！我发誓，一定要让公主履行和小矮人的婚约。要是你不答应，我就烧毁我的拐杖！"

"啊，公主！"王后哭着说，"你答应他什么？"

"啊，母亲！"公主悲痛地回答，"您又亲口答应他什么？"

见老妇人要夺走自己的幸福，金山国王子愤怒不已，拔出宝剑，冲她吼道："赶紧离开这里，永远不要再踏足我的国土。否则，我不会轻饶你。"

王子的话音刚落，箱子的盖子一下子被掀开，掉在地上。一阵尖锐的、令人毛骨悚然的声音从箱子里传了出来。令众人惊恐万分的是，一个小矮人，骑着一只西班牙大黑猫，从箱子

里跳了出来。

"好家伙！竟胆敢对大名鼎鼎的仙女无礼！"他跳到沙漠仙女和王子中间，冲王子吼道，"这是我们之间的事，我是你的情敌。毫无诚信的公主之前已经答应嫁给我了，你看她的手指上，还戴着我用自己头发做成的戒指，你试一下，看能不能把它取下来。这样你就知道，我比你强多了。"

　　"卑鄙无耻！"王子说，"不自量力，你也想娶美丽的公主？你这个奇丑无比的小矮人，人见人厌。别不识抬举，否则，我让你好看。"

　　小矮人被彻底激怒了，使劲踢了一下西班牙猫。猫发出了令人毛骨悚然的叫声，到处乱窜。除了王子外，所有的人都吓傻了，待在原地一动不动，只有王子依旧勇敢地追打着小矮人。小矮人也拔出佩剑，摆开架势要同王子决斗。两人你来我往，打斗起来。随着一阵兵刃的撞击声，小矮人左冲右突，一下子蹿到王宫门前的广场上，王子紧追不舍。王宫里的众人拥到广场，想看一看他们谁更厉害。突然，天一下子暗了下来，什么也看不清楚了。不久，电闪雷鸣，仿佛要吞噬一切。紧接着，两个蛇怪一左一右，像两座大山一样站在小矮人身边，他们的嘴里和耳朵里火焰四射，好像他们的身体是一个熊熊燃烧的火炉。这一切并没有吓退英勇的王子，他依旧挥舞着长剑勇敢地同小矮人搏斗。在英勇、镇定的王子的鼓励下，王宫里的众人不再惊慌，纷纷为王子助威。这情景，让狂吼乱叫的小矮人感到窘迫。

　　这时，沙漠仙女挺起手中长矛，奋力向公主刺去。公主毫无防备，立即倒在血泊之中，昏死了过去。王后一把搂住公主，发出凄厉的哭声。

　　听到惊叫声，看到心爱的公主血流如注，王子一下子失去了勇气。他扔掉手中的长剑，向公主飞奔过去，心想：如不能救她，就随她而去。可是小矮人比他速度更快，骑着大黑猫跃上阳台，一把从王后怀中抢过公主，跳上屋顶，很快从众人的视野里消失。

王子绝望地看着这一幕惊呆了，根本无力阻止惨剧的发生。更糟糕的是，他眼前突然一片漆黑，什么也看不见了。他只感到有一只强壮有力的手，正抓着他，飞向空中。

这是歹毒的沙漠仙女干的。本来，她是想帮小矮人抢走公主。可是，一看到英气逼人的金山国王子，就爱上他了。她想：只要把王子关进一个可怕的洞穴里，锁在巨石上，那么，对死亡的恐惧会使他忘掉美丽的新婚妻子，成为自己的奴仆。因而，进入山洞后，她没有立即给王子松绑，却恢复了他的视力。她还摇身一变，变成一个貌美如花的年轻仙女，假装偶然路过这里。

"嗨，亲爱的王子！是你吗？"她喊道，"你怎么来到这荒无人烟的地方了？"

王子刚清醒过来，一时还没有识破她的伪装。他答道："啊，美丽的仙女！带我到这里的女巫让我的双眼暂时失明了。不过听声音，我可以肯定是沙漠仙女干的。我也不知道，她带我到这里到底想干什么？"

"啊，"沙漠仙女说，"她可以随心所欲地办成任何事情。除非和她结婚，否则落入她的手中，你是无法逃脱的。她用这种办法已经带走好几个王子了。"她没有注意到，王子已经识破了她，知道她就是沙漠仙女。原来，不论沙漠仙女的脸变得多么美丽，脚却变不了。

王子假装什么也没看见，镇静地说："我不讨厌沙漠仙女，可她为了小矮人，像囚犯一样对待我，这是我不能接受的。我的确很爱美丽的公主，可是，如果沙漠仙女能让我恢复自由，我会很感激她，从而爱上她，并只爱她一个人。"

"王子，你说的是真话？"沙漠仙女问道，看来她上当了。

"真的，我从没有说过谎。"王子说，"比起被一个普通的公主爱，我更喜欢被仙女爱，这更能让我的虚荣心得到满足。即使为爱她而死，我也会假装恨她，直到我恢复自由。"

沙漠仙女非常相信王子的这番话，决定立刻把他送到比较舒适的地方。他们坐上仙女的战车，用美丽的白天鹅取代蝙蝠拉车。他们从令人头昏脑涨的高空飞过时，王子发现她所爱的公主被关在一座钢铁城堡里。城堡用磨光的钢板筑成，墙面反射的太阳光是那么强烈，足以把人立刻燃成灰烬。公主坐在溪边的小树林里，双手捂着脸，正在悲伤地哭泣。看到这一幕，王子心如刀绞。

当战车飞越城堡上空时，公主恰巧看到了王子和沙漠仙女。沙漠仙女太狡猾了，她不仅让王子看到她很漂亮，还让可怜的公主也感觉到她比公主更漂亮。

"天啊！"公主喊道，"我被可恶的小矮人抢来，孤零零地关在这座冰冷的城堡里，已经够痛苦了，为什么我刚离开王子，他就爱上了别人，那个比我更漂亮的情敌是谁呢？"

听到公主伤心欲绝的话，王子感到肝肠寸断，他是多么深爱着公主啊，可他怎么会爱上别人呢。可此刻，他不得不如闪电般离开心爱的公主。他知道沙漠仙女有多厉害，必须有足够的耐心和聪明才智，才有可能摆脱她的魔掌。

沙漠仙女也看到了公主，这不期而遇的情景，让她更紧紧盯着王子的眼神，想通过他的眼神读出他见到公主的反应。

"只有我能够告诉你，你想知道的事情了。"王子说，"虽然看到曾经的爱人，我心中难免会激起波澜。但现在，你已占据我的心扉，在我心目中你比她更重要。我宁愿去死，也不要离开你。"

"啊，王子！"沙漠仙女说，"我怎么才能相信你说的话是真的？"

"时间会证明一切！"王子回答，"不过，如果你也喜欢我，请你不要拒绝帮助公主。"

"为什么？"沙漠仙女紧皱眉头，不解地看着他说，"你想让我对抗我的好朋友小矮人吗？还是想让我帮你去抢那个不可一世的公主？"

王子无奈地摇了摇头，他知道，沙漠仙女目光敏锐，自己说什么都没有用。不久，他们来到一处宽阔的牧场。牧场上花团锦簇，四周河水环绕，树荫下溪水潺潺，空气清新。

离他们不远处，有一座豪华的宫殿，墙壁由晶莹剔透的绿宝石筑成。天鹅拉着战车降落在一条由钻石铺就的长廊上，长廊的拱顶镶嵌着无数颗红宝石。车刚停稳，成百上千的妙龄少女立即从四面八方涌来，热烈欢迎他们的归来。她们放声高歌：

"爱火已在胸中燃起，

谁也无法将它熄灭，

苦难已重挫了傲气，

快来迎接辉煌胜利。"

听到她们歌颂自己的胜利，沙漠仙女高兴极了。随后，她把王子单独领进一间非常豪华气派的房间，想让他彻底忘了自己是个俘虏。王子明白她就藏在附近，暗中监视自己。他径直走到一面穿衣镜面前，对着镜子虔诚地说："童叟无欺的参谋啊，快点告诉我，怎样才能博得沙漠仙女的欢心。"

为了骗取沙漠仙女的信任，他开始把自己打扮得漂漂亮亮的，然后穿上沙漠仙女为他准备的华丽长袍。沙漠仙女回来时看到焕然一新的王子，真是心花怒放。

"我太高兴了，你总是想方设法博取我欢心，你做得太棒了！"她说，"你看，只要你真心爱我，哪里还有什么麻烦事。"

王子尽可能地恭维她，变着法子逗沙漠仙女开心。不久，他就获得了奖励，允许单独到海边散步了。沙漠仙女的魔法很强大，能使原本平静的大海忽然来一场猛烈的风暴，即使最英勇的船长，也不敢在这样的天气下起航。因而，她一点儿也不担心王子会逃脱。王子呢，也感觉轻松，他可以静下心来思考眼前危险的处境，不用担心歹毒的沙漠仙女来打扰。这对他来说，也是一种解脱。

在海滩上漫无目的地走了好久后，王子用手杖在沙滩上写下了一首诗：

我终于来到了海滩，
想用泪水洗尽忧伤，
啊！我亲密的爱人，
此时此刻你在何方？

啊！汹涌澎湃的大海，
狂风从海底掀起巨浪，
将我和爱人天各一方，
要我臣服于你的力量。
命运对我无情地摧残，
我的心比谁都要狂乱，

为何将我流放到这里，

从此不能与爱人相见。

啊！美丽的海中仙女，

你可知真爱多么甜蜜，

快点平息疯狂的波浪，

让相爱的人重新团聚。

王子正在沙滩上疾书，忽然他听到一种特别的声音，一下子将他的注意力吸引了过去。他抬头看着大海，发现在巨浪的浪尖坐着一个美丽的少女，正笑嘻嘻地向他漂来，秀美的长发如瀑布般遮住她的身体，左手拿着镜子，右手握把梳子。她没有脚，只有一条像鱼一样的尾巴，靠它在水里轻快地游着。

这景象让王子大吃一惊，半晌说不出话来。美人鱼游了过来，对王子说："我知道你失去心爱的公主，又成了沙漠仙女的俘虏，内心一定非常痛苦。要是你相信我，我可以帮你逃离这个伤心的地方。要不然，你得在这里再忍受三十年的折磨，或许更长。"

王子不知怎样回答才好。不是他不想逃走，而是害怕这是沙漠仙女的诡计。美人鱼猜出了他的心思，对他说："相信我吧，我不会骗你的。我非常痛恨沙漠仙女和小矮人的所作所为，绝不会帮他们干那些有违天理的事。尤其是我多次看到你的心上人，就是那位可怜的公主后，我更是为她的善良和美丽所折服，深深同情她凄惨的遭遇。相信我，我来这里就是为了帮助你逃出去。"

"我绝对相信你，"王子喊道，"要是你见过我的公主，

请你告诉我，她现在怎么样了？我保证，无论你让我做什么，我都按你说的去做。"

"那好，你快点跟我走吧，"美人鱼说，"时间紧迫，我们马上去钢铁城堡。哦，我得先在沙滩上给你弄个替身，好让沙漠仙女以为你还在这里。"

美人鱼边说，边随手抓了一把海草，冲着它吹了三口气后，说道："海草，我亲密的朋友，我命令你立刻变成王子的模样，穿上和他一模一样的衣服，直挺挺地躺在沙滩上，直到沙漠仙女来把你带走。"眨眼间，海草就变好了，只见假王子脸色苍白，像死人一样地躺在沙滩上。随后，美人鱼带着王子，迅速向钢铁城堡游去。

"好了，是时候告诉你公主的情况了。"美人鱼说，"公主被沙漠仙女刺伤后，小矮人抢走了她，带着她骑上了那只可怕的西班牙猫。受了惊吓的公主当场晕倒了，直到被关进了钢铁城堡才苏醒过来。像你一样，城堡里有许多漂亮的侍女服侍她。这些侍女全是小矮人抢来的，现在她们正忙着为公主换药。现在，公主正躺在床上，身上盖着镶满珍珠的丝绸被子，上面的珍珠有核桃那么大。"

"啊！"王子听后大惊失色，立即打断她的话，"要是公主把我忘了，同意嫁给那个丑八怪，我活着还有什么意义。"

"你不用担心，"美人鱼说，"除了你，公主心里装不下任何人。她理也没理过小矮人，甚至没有看过他一眼。"

"请继续说。"王子说。

"该怎么说呢？"美人鱼答道，"公主坐在林子里时，曾看到你和伪装起来的沙漠仙女一起从上空飞过，公主以为你已经爱上了沙漠仙女，她绝望透了。"

"她对我误会太深了，我怎样做才能让她消除误会呢？"王子说。

"这恐怕只有你最清楚了，"美人鱼微笑着说，"当两个人热恋时，其他人的任何意见都是多余的。"

说着说着，他们抵达了钢铁城堡。除了临海的那堵墙外，城堡的其他城墙都被小矮人用烈火保护着。

"我看得很清楚，"美人鱼说，"公主正坐在你上次看到她的小溪旁。拿着这把宝剑吧，接近她之前，你需要对付很多人。有了这把宝剑，你就可以披荆斩棘，勇往直前。不过，千万要记住，任何时候也不能让宝剑离手。现在，我藏在那块岩石后面等你。如果你需要我帮你带走你的心上人，我定当鼎力相助。公主的母亲，是我最好的朋友，正是因为她，我才来救你们的。"

说完，美人鱼把一把用金刚石铸就的宝剑交给了王子。这把宝剑发出的光芒比太阳光还要耀眼。王子激动得手足无措，不知说什么才能表达他的感激之情。他明白这份礼物对他来说是多么珍贵。他恳请美人鱼相信，他今生今世永远也不会忘记她的大恩大德。

话分两头，让我们再看一看沙漠仙女那边吧。沙漠仙女看到王子迟迟不归，慌忙领着一百名侍女去寻找。她们有的提着满篮子的钻石，有的拿着精雕细刻的金杯，有的带着琥珀、珊瑚、珍珠，有的头上顶着最漂亮、最贵重的物品，全是稀世之宝，还有的人送来了水果、鲜花和珍贵的鸟类。

让沙漠仙女想不到的是，当她们高高兴兴地来到沙滩，却看到美人鱼用海草变成的王子直挺挺地躺在地上，她万分惊恐，号叫着扑到了假王子身上，因为悲伤，发出了撕心裂肺的喊声。随后，她请来了十一个仙女姐妹来帮忙，虽然她们都很聪明，但都比不过美人鱼，都被王子的替身骗了。最后，她们只能无奈地把假王子埋葬，在墓前立了一块墓碑。

就在她们用各种珍贵的珠宝装饰墓碑时，真王子正在感谢善良的美人鱼，请求她继续帮助自己。美人鱼愉快地答应后，转身游走了。

王子立刻动身前往钢铁城堡。他走得很快，焦急地寻找着他的公主。可是，没走多远，四个怪物就围了上来。王子马上举起美人鱼给他的那把钻石宝剑，在怪物面前轻轻晃了晃，它们立刻就瘫倒在地，再晃一下，立刻就被杀死了。

王子刚转过身想继续寻找公主，有六条鳞甲比铁还硬的龙冲了上来。这些龙非常吓人，可是，在神奇的宝剑帮助下，王子丝毫没有胆怯，把他们一个接一个地解决了。

就在王子以为所有的难关都闯过的时候，一转身，突然发现二十四个花容月貌的仙女，手拿花环挡住了去路。

"王子，你要到哪里去？"她们说，"求求你不要再往前走了，我们奉命守卫这个地方，如果让你过去了，我们将会受到严惩，难道你忍心杀死二十四个手无寸铁的无辜姑娘吗？"

王子有点不知所措了。作为一个骑士，他不能违背信仰，做淑女央求他不要去做的事。正犹豫不决的时候，一个声音突然在他耳边响起："快，冲过去，为了美丽的公主，绝对不能心慈手软！"

王子一下子清醒过来，立刻冲上前去，挥剑打掉仙女们手中的花环，吓得她们四处逃窜。就这样，他顺利地来到了公主所在的小树林。此时，公主正坐在小溪旁，脸色苍白，显得非常疲倦。王子刚要在她面前下跪，却见公主满脸怒气转过身去，好像他就是小矮人似的。

"公主，千万别生我的气，请听我耐心解释。我一直谨记誓言，一刻也不曾忘记。遭遇这样的不幸，并不是我的过错。我也是苦命的人，如果我让你产生了误解，那也是情不得已。"

公主说："我亲眼看见你和一个比我还漂亮的女人从我的头顶飞过，难道你还有什么苦衷吗？"

"是的，公主。"他回答，"邪恶的沙漠仙女想要占有我，用铁链将我锁在巨石上，随后用战车把我带到了地球的另一端。如果没有好心的美人鱼的帮助，我如今还是沙漠仙女的囚徒。亲爱的公主，我冒着生命危险来到这里，就是想把你救出魔窟，请别拒绝真心爱你的人的帮助。"说完，性急的他双膝跪在地上，扔掉手中的宝剑，双手捧起公主的长裙。可是，天哪！他忘记了美人鱼的叮嘱，忘记了危险时刻就在身边！因惧怕宝剑的威力，一直缩成一团，藏在莴苣后面的小矮人，见王子扔掉手中的宝剑，立即跳了出来，把宝剑抢走。

看到小矮人跳了出来，公主恐惧地叫了起来。小矮人恼羞成怒，念起咒语，唤来了两个巨人，用大铁链把王子锁了起来。

"现在，情敌的命运就攥在我的手里。"小矮人说，"公主，只要你答应嫁给我，我就饶他一命，让他安全地离开。"

"我宁愿死一千次，也不要公主答应你。"王子喊道。

"啊，"公主喊道，"你为什么要死呢？还有什么比死更可怕的吗？"

"你要是和这个卑鄙的怪物结婚，那就比死还可怕。"王子回答。

"那要死的话，就让我们死在一起。"公主说。

"亲爱的贝丽兹玛，为你而死，我心甘情愿。"

"啊，不要！"她喊叫着转过身来对小矮人说，"还是让我嫁给你吧，只要你放了他。"

"不，公主！"王子说，"当着我的面嫁给别人，难道你想让我死不瞑目吗？"

"都别说了！"小矮人说，"你这样的对手让我有点害怕，不能让你看到我们结婚。"话音刚落，小矮人完全不顾公主的哀求，拿起宝剑刺向王子的胸膛。

可怜的公主眼见心爱的人死在脚下，她再也不愿独活了，带着一颗破碎的心含恨而死，倒在了王子的身边。

王子和公主就这样悲惨地死去了。失去了宝剑，就失去了所有的法力，即使美人鱼也回天无力了。

可恶的小矮人，宁可看到公主惨死，也不愿意看到她和王子在一起。还有沙漠仙女，当她得知王子的大胆举动后，气愤地推倒了为王子而建的雄伟的纪念碑，过去短暂的爱顿时化作了无比的仇恨。

王子和公主这对恋人悲惨的遭遇让美人鱼无比痛心。美人鱼把他们的尸骨变成两棵高大的棕榈树，它们肩并肩站在一起，根，扎根在地下；叶，相触在云里。每当有风吹过，棕榈树都发出"沙沙"的响声，就像一对恋人在诉说忠贞不渝的爱情。

林中睡美人

从前，有个国家的国王和王后一直没有孩子，为此，他们非常痛苦，简直无法用言语形容。他们遍访了世界上的名山大川，尝试过许愿、朝圣等各种方法，可依然没有成效。

后来，不知怎的，王后如愿以偿，生下一个女儿。为了给孩子办一个隆重的洗礼仪式，国王和王后把王国里所能找到的仙女，都请来当她的教母。仙女一共有七位。按当时仙女们的习俗，每个教母都要送给公主一个祝福，这样就可以保佑公主成为一个十全十美的人。

洗礼仪式结束后，国王为仙女们准备了盛大的宴会。每个仙女的面前都摆放着一个纯金的盒子，里面放着一套非常奢华的餐具，有刀叉和调羹，都由纯金制成，上面还镶嵌着钻石和红宝石。众人刚落座，突然一个年迈的仙女闯进大厅。这位老仙女离开仙塔至今已有五十多年了，人们认为她要么已死了，要么中了魔法被禁锢了，因而没有被邀请。

　　国王下令为她准备一套餐具。可纯金餐具是特地为七个受邀的仙女定制的，而且只有七套，老仙女突然而至，因而没有她的。尽管国王再三解释，可老仙女心胸狭隘，认为国王看不起自己，咬牙切齿地小声嘀咕着，说一些威胁的话。她发的牢骚被旁边的一位小仙女听到了，她估计老仙女会诅咒公主，因而趁大家从桌子旁站起来时，这位年轻的仙女赶紧躲到了帷幕后面。如果老仙女给公主许下厄运，她可以最后一个许愿，尽可能挽救老仙女所带来的灾祸。

　　随后，仙女们开始轮流为公主许愿。最小的仙女祝愿她成为世界上最美丽的人，第二个祝愿她像天使一样聪慧，第三个祝愿她宅心仁厚，第四个祝愿她舞技超群，第五个祝愿她嗓音像夜莺一样美妙动听，第六个祝愿她擅长演奏各种乐器。

　　轮到老仙女许愿了，她摇晃着头，满怀恶意地说："如果

公主的手被纺锤刺伤，将会死去。"说完扬长而去。所有人听了无不浑身战栗，失声哭了起来。

这时，只见年轻的仙女从帷幕后走了出来，大声说："国王、王后，请放心，公主不会死的。虽说我还没有力量完全破解前辈的咒语，但我可以保证，即便公主被纺锤扎伤，也不会死去。不过，她会陷入沉睡中，直到一百年以后，被一位王子前来唤醒。"

为了避免老仙女预言带来的灾难，国王立即颁布诏令，禁止王国内任何人用纺锤纺纱，家里也不能藏有纺锤，否则一律问斩。

这样平安地过了十五六年。有一次，国王带着王后出去游玩。这天，公主在王宫里四处游逛，不停地从一个房间跑到另一个房间。在塔顶的一个小房间里，她看到一个慈眉善目的老婆婆，独自一人正用纺锤纺纱。善良的老婆婆深居简出，根本就不知道国王禁止使用纺锤的诏令。

"老婆婆，你在做什么？"公主问。

"好孩子，我在纺纱。"老婆婆答道。她并不知道这个少女是谁。

"这个东西太漂亮了，它怎么用，给我看一下好吗？"公主说。

她刚接过纺锤，由于太着急了，不小心让纺锤扎伤了自己的手指，她当即瘫倒在地上，昏厥过去。

善良的老婆婆吓呆了，不知如何是好，赶紧大喊救命。人们从四面八方赶了过来，人们往她头上浇冷水，解开她的紧身衣服，在她太阳穴上擦药水，或用力掐她的手指，用了种种办法，都没能使公主苏醒过来。

不久，国王闻讯赶来。他想起仙女的预言，断定公主没有死去，但她将昏睡百年，便立即命人将公主抬进王宫里最好的房间，把她安放在一张镶满金银花纹的床上。

公主虽然沉沉地睡着，可她依旧保持着亮丽的容颜，脸颊依旧那么红润，嘴唇依旧如红珊瑚般红艳动人。她双目紧闭，发出的呼吸声虽说微弱，但十分均匀，凡是看过的人都相信公主还活着。国王下令严禁任何人打搅公主，让她安静地睡着，直到苏醒的那一天。

与此同时，那个救了公主一命，让公主沉睡一百年的仁慈仙女，正在千里之外的马塔金王国。她有一个小矮神奴仆，专门为她打探各种消息。小矮神穿着一双神奇的七里靴，一步能跨七里路，及时向仙女汇报了公主出事的消息。仙女听后立即乘坐一辆数条龙拉的火红战车，仅用一个多小时就赶到了王宫。

国王搀扶着仙女下了车，这使仙女感到很满意。仙女目光长远。她想，等将来公主醒来时，独自一人待在王宫里，肯定会手足无措，不明白到底发生了什么。因而她用魔杖点了王宫里的很多人，包括女管家、内侍女、侍从、厨师、厨师帮手、护卫，还有那些脚夫和童仆。此外，还用魔杖点了马厩里所有的马、马鞍等，以及王宫内的猎犬和公主最喜爱的小狮子狗——摩柏思。

凡是被魔杖点过的东西，都像公主一样沉睡了过去。日后公主醒来后，他们才能醒来，再为公主效力。连熊熊燃烧的炉火，以及在上面烤着的鹧鸪和野鸡，也一起凝固了。仙女做事干净利落，这一切在瞬间完成。

国王和王后吻别宝贝女儿，旋即离开了宫殿，并下令从此封锁这座宫殿，无论谁也不能靠近。

其实，这道命令已经没必要了。自从仙女让众人和动物、物品入睡后，不到一刻钟，宫殿的周围就长满了盘根错节的灌木丛，别说人，就是小动物都不能通过。从近处看，除了丛林，这里什么也看不见。只有在远处，才能隐约看到宫殿的塔尖。显然，仙女用魔法在这里创造了一个奇迹：公主可以安稳地睡上一百年，而不受好奇的人来打扰。

弹指一挥间，一百年过去了。有一天，有一位王子在附近打猎，偶然看到了宫殿的塔尖，就问侍从坐落在密林中的塔尖是什么地方。

侍从们众说纷纭。有的说是一座废弃的城堡，里面有幽灵出没；有的说是巫师们半夜聚会的地方。但大多数人认为，那是妖魔的住所，只有他才有本事穿过那片森林。

王子听后既吃惊又迷茫，分不清谁对谁错。这时，一位年迈的农夫对他说：

"尊敬的王子殿下，但愿我的回答令您满意。五十年前，听我父亲说，祖父告诉他，城堡里住着一位美貌绝伦的公主，可她必须睡够一百年，直至有个王子前来把她唤醒，她将成为这个王子的妻子。"

听了这番话后，年轻的王子顿时热血沸腾。他不假思索地认为，自己就是这个匪夷所思的故事里的王子。不论是出于对美丽的公主的爱慕，还是在强烈的荣誉感和使命感的驱使下，他都应该前往森林一探究竟。

　　神奇的是，王子刚踏进那片丛林，所有的树木都纷纷自动让开，一条大道出现在他的眼前，路的尽头就是那座神秘的城堡。他顺着林荫道疾步来到城堡前。令他不解的是，他的随从无一人跟来，而且他每前进一步，两旁的树丛自动在他身后合上。尽管如此，王子毫无畏惧，继续前行。

　　王子走进城堡，来到一个宫殿门前宽阔的广场，眼前的一切，即便胆量超群的人，也会惊恐不已。周围的一切毫无生气，是那么寂静，那么阴森恐怖，仿佛从某一刻起，时间就凝固了一样，只有死神在四处游荡。所有的人和动物都直挺挺地、一动不动地躺在地上。透过卫兵们通红的脸和长着粉刺的鼻子，可知他们只是在熟睡而已。这不，酒杯里还有一些酒，说明他们的确喝多了，才酣睡过去。

　　接着，他穿过大理石地面的院子，拾级而上，进入卫兵室。卫兵们整整齐齐地扛着枪，一动不动地站着，个个鼾声如雷。他又走进几个房间，里面不论男人、女人，还是猫、狗等动物，不论什么姿势，都沉沉地睡着。

　　终于，王子来到一间金碧辉煌的房间，里面有一张镶满金银花纹的大床，蚊帐已被拉开，上面睡着一位十五六岁的公主。她果然国色天香、超凡脱俗，一种前所未有的美妙和神圣的感觉涌上王子的心头。他怀着一颗敬慕和颤抖的心，缓步走向光彩照人的公主，双膝跪在床前。

　　刹那间，施在公主身上的魔法被解除了，她苏醒了过来。公主含情脉脉地看着王子，仿佛他们俩是久别重逢的恋人。

　　"亲爱的王子，你终于来了，我等你很久了。"公主轻言细语地说。

公主的话，一下子迷住了王子，他飘飘然不知所措，更不知如何表达欣喜和激动。稍微平静后，他向公主保证，他爱公主胜过世界的一切。他们断断续续地倾诉着爱恋之情，因为幸福的眼泪时常打断他们的谈话。他们没有滔滔不绝地高谈阔论，有的只是沁人心脾的真情实意。显然，王子对这突如其来的爱，有些手忙脚乱。而公主显得从容多了，想必在漫长的沉睡中，她想了许多想对王子说的话了吧。或许那位仁慈的仙女在她沉睡的漫漫长夜里，早已让她做过许多美妙的梦（虽然历史没有记载）。就这样，他们交谈了四个钟头，可要说的话尚未说一半。

与此同时，原本凝固的宫殿，又恢复了生机，一切都苏醒了，每个人随即忙碌着自己的事。也许是为了等公主，大家都饿了许久。尤其是王宫的女管家，显然饿得受不了了，很焦急地大声宣布，吃晚餐的时间到了。公主起床穿好衣服后，王子很想说，她的服饰特别像他的曾祖母，高高的衣领上明显有一条刺绣花边，但是他忍住了。因为这丝毫不影响她的美丽，反而更显得雍容华贵。

他们在挂着镜子的大厅里共进晚餐，仆人们小心翼翼地伺候着他们。小提琴手和双簧管手演奏着上百年的老曲子，仍然非常优美动听。晚饭过后，他们在宫殿的小教堂里举行了婚礼。女管家为他们拉上帘幔。一整晚，他们几乎都没有睡，因为公主已经睡够了。

第二天清晨，王子就和公主道别，返回城里，他的父亲肯定急坏了。见到父亲后，王子说："他打猎时在森林里迷了路，一个好心的烧炭人留他在家里过了夜，还给他奶酪和黑面包吃。"

王子的父亲是宅心仁厚的人，他相信儿子的话，可他的母亲却不信。她发现，儿子总是找各种借口，几乎天天外出打猎，有时一走就是三五天。这样的生活持续了两年。她猜测，王子是不是偷偷结婚了。

这两年里，公主生了两个孩子。大的是女儿，取名叫莫琳；小的是儿子，名字叫戴，他十分帅气，比姐姐还漂亮。

王后好几次质问王子，说他有责任如实地把他的生活告诉他的母亲，她要听真话，而不是搪塞之词。王子非常害怕母亲，因为她是食人族的后代，所以竭力隐瞒真相。他知道，当年他的父亲不是因为国难，想借助她丰厚的嫁妆和部族的实力，是不会娶她的。正因如此，王子不敢对她说一句实话，哪怕是一个字。

又过了两年，国王去世了，王子登基，成了新国王。掌握了国家最高的权力后，他公开了自己的婚姻。随后，他非常隆重地把王后及孩子接进王宫。回城的场面非常壮观，王后坐在马车中间，两个孩子分别坐在她的左右。

不久，国王率军迎战邻国，把国家托付给她的母亲——太后管理。整整一个夏天，国王都在外征战，因而他希望母亲善待他的妻子和两个孩子。

可是，国王前脚刚走，太后后脚就为了满足自己的私欲，将王后赶到乡下的茅草房里居住。

几天后，太后来到厨房，对厨师说："明天午餐，我要吃了莫琳，要用罗伯特酱汁做佐料。"

"哦，好的，太后！"厨师惊叫起来。

　　胆战心惊的厨师心里明白，不能和太后耍花招。于是，他拿起刀，来到了莫琳的房间。莫琳刚好四岁，一看到厨师，就连蹦带跳地跑了过来，搂着厨师的脖子要糖吃。此情此景，不禁让厨师失声哭了起来，手一松，刀随即"咣"的一声，掉在了地上。他转身来到后院，把一只小羊羔宰了，淋上最上等的罗伯特酱汁。太后吃了后非常满意，说这是她有生以来吃过的最好的午餐。

　　与此同时，厨师赶紧把小莫琳送到妻子那里，把她藏到了自己院子深处的一间地下室里。

　　八天后，恶毒的太后又找到厨师说："晚餐我要吃小戴。"

　　厨师没有吭声，他决定用上次的方法骗太后。他找到三岁的小戴时，他正手执一把短木剑，和一只大猴子对打。厨师赶紧抱起小戴，立即送到了妻子那里，让妻子把小戴和他姐姐藏在一起。在小戴住的房间里，厨师烤了一只小山羊，非常鲜嫩，太后吃后非常满意。

事情到了这种地步，本该结束了。然而，一天晚上，太后对厨师说："我要吃王后，佐料也要用罗伯特酱汁。"

可怜的厨师有点绝望了，毕竟年轻的王后马上二十岁了，这还不算她沉睡的一百年，到哪里去找那么肥实的动物代替王后啊。后来他想，要想保命，只能执行太后的命令。他下定了决心，来到王后的房间。他想快点结束此事，尽量装出一副凶神恶煞的模样。可他又于心不忍，唯恐吓坏了王后，最终还是毕恭毕敬地把太后的命令，向王后传达了一遍。

"杀了我吧！"王后边说边伸出脖子，"我就可以去见我可怜的孩子了。失去了他们，我活着也没有了意义。"

此时，王后以为她的孩子被偷偷带走后，已经遇害了。

"不，王后陛下！"善良的厨师满脸是泪地说，"你还会再见到你的孩子的，但是，你要立即去我家，和孩子们藏在一起。我就用一只雌鹿代替你，再骗太后一次。"

说着，他把王后带到了她的孩子面前，她们相拥在一起痛哭了起来。随后，厨师来到厨房，杀了一只雌鹿，淋上了最美味的罗伯特酱汁，给太后当晚餐。太后心情和胃口非常好，三下五除二就把晚餐吃得一干二净。同时，想出了应对儿子的质问之词，一只饿狼把他的妻子和两个孩子都吃掉了，她想借此蒙骗国王。

有一天晚上，她像往常一样，在宫殿里四处走走。突然，她听到从一间地下室里传来了小戴的哭声。因为淘气，王后要打他，他的姐姐莫琳在一旁说情。

太后知道自己上当了，她气得暴跳如雷。第二天天刚亮，她怒吼的声音非常可怕，让人听了毛骨悚然，无不浑身颤抖。

她命人把一个装满癫蛤蟆和各种毒蛇的大桶搬到宫殿门前的广场上。接着，她命侍卫把王后和她的两个孩子、厨师和他的妻子、女仆等人都反绑着带来，准备把他们一一投入装有毒物的桶中。太后正准备下令扔王后时，万万没想到国王骑着马回来了。他焦急地赶回来，眼前可怕的景象着实让他惊讶万分。他恼怒地问道："你们想干什么？"

无人敢回答。太后眼见大势已去，怒火攻心，一下子晕倒，一头栽进了桶里。真是搬起石头砸自己的脚！念着是自己的生母，国王还是痛哭了一场。不过，他看到美丽的妻子和两个可爱的孩子都安然无恙时，丧母之痛很快得到宽慰了。

灰姑娘和水晶鞋

从前有个绅士，前妻病逝不久，又娶个妻子。她是一个非常蛮横无理的女人。她和前夫生了两个女儿，脾气秉性和她完全一样。绅士和前妻也生了一个女儿，可她非常温柔、善良，谁也比不上。她的生母本是世界上最完美的女人，而她完全继承了生母的优点。

婚后不久，继母就露出了她的本性。她无法容忍继女人见人爱的优良品行，因为相比之下，她的女儿相差甚远，简直是人见人厌。继母总是变着法子折磨继女，让她做最脏最累的活，她不仅要洗碗、擦桌子，还得打扫继母和两个姐姐的房间。她的两个姐姐和继母住着装饰精美的房间，最精致的木地板，最新款的床，房间里还有一面穿衣镜，可以从头照到脚。而继女则被她赶到破烂不堪的阁楼里，睡在稻草席地而铺的床上。

可怜的姑娘顽强地忍受着这些虐待，根本不敢告诉父亲。她知道，即便父亲知道了，顶多就是抱怨几句，他如今对继母是言听计从，丝毫不敢违拗她。每次干完活后，她就待在火炉旁休息。由于经常坐在煤渣和炉灰的上面，她整天浑身是灰，因而大家笑称她为炉渣姑娘。不过，她的二姐似乎不像大姐那样粗鲁、庸俗，总是称小妹为灰姑娘。尽管灰姑娘衣衫褴褛，却也掩遮不住她的天生丽质，比起两个衣着华丽的姐姐，要强过百倍。

凑巧，国王唯一的儿子要举行舞会，邀请了所有体面的人参加。因为灰姑娘的两个姐姐在上流社会颇有点名气，也受到了邀请。接到邀请，她们欣喜若狂，兴奋地忙着挑选礼服，精心打扮起来。灰姑娘开始忙碌起来了，她得给两个姐姐熨衣服。两个姐姐每天只关心自己该穿什么，要如何打扮，其他什么事也不过问。

"我要穿那件法式红天鹅绒套装。"大姐说。

"我就穿那条我最爱穿的裙子。为了更加耀眼，我得戴上镶有钻

石的领饰，再披上那件金色披风，这样就显得格外漂亮了。"
二姐说。

她们特地请来一流的化妆师，给她们做头发，戴上了双
层纱巾，还从著名的波茜小姐那里，买来红色的化妆笔和美颜
贴片。

灰姑娘平时不仅点子多，而且见解高明。因此，两个姐
姐叫灰姑娘来做参谋。不仅如此，灰姑娘还帮她们重新弄了头
发，她们很满意。这时，她们问灰姑娘："你愿意和我们一起
参加舞会吗？"

"啊？"灰姑娘一脸惊讶地说，"像我这样的人，怎么能
去那里，你们是在讥笑我吧。"

"也是，"她们说，"一个浑身是灰的姑娘出现在舞会
上，当然会是个笑话。"

她们的嘲弄并没有让灰姑娘生气，更没有故意把她们的头
巾戴歪，相反，把她们打扮得非常美丽。两个姐姐非常兴奋，
接连两天没吃东西。为了使身材看起来苗条些，她们不断地勒
紧束腰带，起码弄断了十几根。她们整天做的事，就是不停地
站在镜子前照来照去。

快乐的日子终于来临，两个姐姐动身去了王宫。看着她们
逐渐消失的身影，灰姑娘泪如雨下。

正巧，灰姑娘的教母来看她，见到她泪流满面的样子，关
切地问她发生了什么事。

"我想……我想去……"她泣不成声，无法说下去。

其实，灰姑娘的教母是个仙女。她明白灰姑娘要说什么，
轻声对她说："你想去参加舞会，对吗？"

"嗯……"灰姑娘长叹了一口气。

"好吧！"教母说，"我有办法帮你去，你可要做个好姑娘。"她把灰姑娘带到自己的房间，对她说："去花园里给我摘个南瓜来。"

没多久，灰姑娘就捧着最好的南瓜回来了，不过她实在想不出南瓜和舞会有什么关系。

教母把南瓜挖空，只剩下瓜皮，用魔杖轻轻敲了一下，南瓜立刻变成了一辆华丽的镀金四轮马车。

教母又看了看她的鼠笼，里面装了六只活蹦乱跳的小豚

鼠。她叫灰姑娘把笼子的门打开一点，让小豚鼠全都跑出来。每出来一只，教母就用魔杖在它头上轻轻点一下，小豚鼠立即变成了骏马。六匹马都有深灰色斑纹，非常漂亮。现在，再有一个车夫就非常完美了。

"我再去看看，也许另外一个笼子里还有豚鼠，我们让它来驾车。"灰姑娘说。

"你说得很对，"教母说，"快过去看看吧。"

灰姑娘把笼子提了过来，里面有三只大豚鼠。教母用魔杖点了一下那只胡子最长、个头最大的豚鼠。瞬间，它就变成了一个胖乎乎、乐呵呵的车夫了，那双小眼睛贼亮贼亮的。接着，教母对灰姑娘说："你再到花园里去，把住在浇水壶后面的六条蜥蜴给我抓来。"

蜥蜴抓来后，教母眨眼的工夫，就把它们变成了六名仆人。它们都穿着金银装饰的制服，整齐地排列在马车的后面，好像生来就是做跟班的。

教母对灰姑娘说："好了！你看，马车和仆从是专门为你去参加舞会准备的，高兴吗？"

"啊，高兴，我太高兴了！"灰姑娘说，"可是，我穿得太破了。"

教母用魔杖轻轻地在她身上一点，她的衣服马上变成金光闪闪的华丽服饰，上面镶满了钻石。接着，教母又给了她一双世界上最漂亮的水晶鞋。一切打扮妥当后，灰姑娘才上马车。临走时，教母叮嘱她，午夜前一定要离开舞会。如果她多待一会儿，一切都将现出原形。

灰姑娘答应教母，她一定会提前离开。然后，她欢天喜地地乘着马车走了。

王子被告知，一个陌生的非常漂亮的公主来了。他赶紧亲自出去接她，伸手扶她下了马车，然后领她来到了舞厅中央。每个人都目不转睛地打量着这个貌若天仙的陌生女子，小提琴手忘记了演奏，跳舞的人也都停了下来，整个大厅陷入沉寂。这时，四面八方传来一片赞叹：

"她长得太美了！从来没有见过这么漂亮的人。"

国王虽然年迈，看到她，也由衷地赞叹："我这一生从未见到过像她这样漂亮的姑娘。"

全场的女士们都全神贯注地研究起她的发型和服饰，盘算着第二天找最好的美容师和裁缝，做像她那样的服饰和发型。

王子把她带到最高级的贵宾席上，接着又请她和自己跳舞。她的舞姿非常优美，在场的人越来越崇拜她了。特别是王子，目不转睛地看着她，精美的点心一口也顾不上吃。

一曲结束后，灰姑娘来到两个姐姐旁边坐下，对她们彬彬有礼，还把王子给她的金钱橘分给她们。两个姐姐没有认出灰姑娘，这使她们感到受宠若惊。就在灰姑娘和两个姐姐嬉戏时，时钟已经指向了十一点三刻，她马上起身和大家道别，匆忙离开舞厅。

到了家里，灰姑娘立即找到教母，感谢她帮助自己参加舞会，希望第二天还能去参加舞会，因为王子也希望她参加。

正当她绘声绘色地向教母描述舞会上的情景时，突然传来了响亮的敲门声。灰姑娘立即停止谈话，等教母离开后，立即起身开门。

"你们怎么这么晚才回来？"灰姑娘打着哈欠，揉着眼睛，伸着懒腰，就像刚从睡梦中醒来似的。其实，从她们离开家的那一刻起，她就毫无睡意。

"要是你也参加了舞会，那么你也会感觉不到累的。"大姐说，"舞会上来了一位非常美丽的公主，真可以说是举世无双。她对我们非常热情，还将王子赐给她的金钱橘送给我们吃。"

灰姑娘对这些不以为意，她问姐姐们，那个美丽的公主叫什么名字？

姐姐们说不知道，王子也非常想知道她的名字，正在想方设法打听她是谁。听到这些，灰姑娘摇摇头，笑了笑说："她那么漂亮！看你们多么开心啊！我请你们带我见她一面好吗？亲爱的夏洛特小姐，把你每天穿的那套黄色裙子借给我穿一下，行吗？"

"哎，你还是别动这方面的心思了！"大姐喊了起来，"把我漂亮的长裙借给你这样脏兮兮的姑娘穿，那不是当我是大傻瓜吗？"

虽然遭到拒绝，但灰姑娘并没有表现出很失望，反而有点高兴，因为早就料到她会这样说。要是姐姐真的把裙子借给她，她倒要为该不该穿而发愁了。

第二天，两个姐姐又去参加舞会了。灰姑娘随后也去了，不过她穿得更加艳丽。王子跟她几乎形影不离，不停地赞美她，想同她说话。灰姑娘完全陶醉在幸福之中，把教母的叮嘱忘得一干二净。当十二点的钟声敲响时，她还以为十一点呢，幸亏她边听边数着。

她惊慌地站起来，像敏捷的小鹿狂奔出去。王子紧随其后，苦苦追赶，但怎么也追不上。慌乱中，她跑掉了一只水晶鞋，王子小心翼翼地把它拾起来。

灰姑娘狼狈不堪地跑回家中，身上穿着的是她那身破旧的脏衣服。除了一只水晶鞋外，她全身的漂亮服装都不见了踪影。

王子追到宫门，问卫兵有没有看到一个漂亮的公主出去。侍卫说："只见到一个衣衫褴褛的姑娘从这里跑了出去，她就像乡下人家的姑娘，一点儿贵族气也没有。"

等到两个姐姐回来后，灰姑娘问她们今晚是否玩得开心，那位漂亮的公主来了没有。

姐姐们告诉她："我们很开心。她来了，可是当十二点的时钟敲响的时候，她就匆匆忙忙离开了，还掉了一只水晶鞋，王子捡到后，说那是世界上最漂亮的鞋子。王子一直盯着水晶鞋发呆，直到舞会结束。看来，他已经爱上水晶鞋的主人了。"

她们说的没错，几天后，王子叫人吹响喇叭，向大家宣布，哪位姑娘的脚能正好穿上这只水晶鞋，他就娶她做妻子。

王子先派人找那些公主们试，接着是那些女公爵，还有宫廷里所有的淑女，可没有一个人能正好穿上那只鞋。他们来找灰姑娘的两个姐姐试穿，虽然她们费了好大的劲勉强穿上了，可是再想走上一步路，就难于上青天了。灰姑娘看在眼里，知道这是她的鞋子，就微笑着说："让我来试试吧！"

两个姐姐一边嘲讽她，一边哈哈大笑。王子派来试鞋的人把灰姑娘上下打量了一番，就说："王子的命令是让所有的姑娘都试穿，她当然也可以试一试。"

　　他们叫灰姑娘坐下，给她试穿，发现太合适不过了，就像是专门为她定做的一样。两个姐姐大吃一惊。可是，当灰姑娘从口袋里拿出另一只水晶鞋穿上时，她们惊讶得差点掉了下巴。这时，灰姑娘的教母走过来，用魔杖碰了一下灰姑娘的衣服，她的穿戴立刻变得比舞会上穿的还漂亮十倍。

　　此时，两个姐姐才明白，她就是舞会上那个美丽的姑娘。她们跪在灰姑娘的面前，对于以往的过错，请求获得原谅。灰姑娘扶起她们，拥抱着两个姐姐说，她从心底里原谅她们，希望大家永远相爱。

　　穿着漂亮衣服的灰姑娘被带到了王子面前，王子觉得她更加美丽动人了。几天后，她们就结婚了。灰姑娘心地善良，像她的美貌一样光彩照人。她叫两个姐姐一起住到王宫里来，就在同一天，挑选了两个贵族子弟和她们结了婚。

美女和野兽

很久以前，在一个遥远的国家，住着一个商人，他所做的生意向来一帆风顺，因此财源广进，富甲一方。不过，他的孩子实在太多了，有六个儿子和六个女儿，要想让他们全都过上应有尽有的生活，他那点家产就远远不够了。

有一天，一场无法预料的灾难从天而降。一场大火烧毁了他们的房子，房间里所有豪华的家具、书籍等贵重物品，全都烧成了灰烬。真可以说祸不单行，他们的不幸自此接踵而来。原先事业上一直顺风顺水的富商，又接二连三地损失了所有的货船。这些船只，要么横遭海盗抢劫，要么遇上风暴或碰上暗礁沉没，或全部货物发生火灾。更令他彻底绝望的是，那些远在他国，一直对他忠心耿耿的职员，也一个个背叛了他。就这样，他从一方首富，变得身无分文。

现在，他仅剩的家产，就是荒野里的一间偏僻的小屋，离他们居住的城市有好几百里路。没办法，他只能带着孩子们前往那里居住。想到要过和以前截然相反的苦日子，孩子们非常失望。起初，女孩子们还指望以前那些朋友能同情她们，会竭力挽留她们。不久，她们就彻底失望了，因为根本没有人再来探望她们。更可悲的是，这些朋友还讥讽她们，说她们之所以遭遇一连串灾难，是因为她们以前的生活太奢侈了。无人同情她们，更别说帮助了。她们只好随父亲住进那间小屋，尽管那里是地球上最荒凉的地方。

他们变成了穷人，再无钱雇佣人了，女孩子们不得不像农妇一样辛勤地劳动，男孩子们全都下地干活，以此养家糊口。他们不得不穿着破旧的粗布衣服，粗茶淡饭，过着最简朴的生活。姑娘们一闲下来，就怀念往日那种幸福奢华的日子，只有最小的姑娘不停地激励自己要勇敢些、快乐些。当父亲开始遭受不幸时，和其他人一样，她也伤心极了，但不久就恢复了活泼可爱的天性。她想方设法把事情做好，尽可能地让父亲和兄弟们高兴，竭力劝导姐姐们和自己一样开心快乐。可姐姐们心情忧郁，再也没有笑颜。相反，她们还嘲笑她太乐观，只配过这种清苦日子。其实，她要比姐姐们聪明漂亮得多，十分招人喜爱，人们都叫她贝蒂。

两年以后，大家都逐渐适应了这种简朴的生活。这时，一件事又打破了他们的平静。父亲得到消息，他原以为已经沉没的一只商船，已满载着贵重的货物，安全地抵达了港口。孩子们都以为他们的苦难日子总算结束了，都想立即搬回城里。可父亲却非常慎重，他要求儿女们再耐心等一段时间。虽说目前正值秋收季节，家里一刻也离不开他，可他毅然决定自己一人前去打探一下商船的消息。众人都兴奋地幻想着即将重新回到以前富足的生活，能舒适地在城里生活，像从前一样无忧无虑地同伙伴们玩耍。只有小女儿非常担心父亲的安危。临行时，姐姐们都缠着父亲要他买贵重的首饰和华美的衣服，毫不考虑它们得花多少钱。可是贝蒂一句话也没有说。父亲发现她一言不发，就问她："亲爱的贝蒂，想要我给你带些什么？"

"父亲，您能平安归来，就是我最好的礼物。"贝蒂回答。

她的话使姐姐们非常愤怒，认为贝蒂是在责备她们只顾要礼物，毫不关心父亲的安危。可父亲听了十分感动，想到她年纪尚小，就鼓励她也挑选一份自己喜欢的礼物。

"那好吧，亲爱的父亲！"她说，"那就请您给我带一朵玫瑰花吧。我非常喜欢玫瑰花，在这里，我还没有见到过玫瑰花呢。"

商人与家人道别后，动身前往城里。等他赶到港口，发现满船的货物早已被瓜分了，以前的那些合作伙伴都以为他早死了。为了要回属于自己的财产，他花了六个月的时间四处奔波，历尽千难万苦，花去了大量钱财，可最后要回的钱，只够他回去的路费，他依然像离家时一样一贫如洗。更糟糕的是，他不得不在最恶劣的天气里动身回家。

离家只剩几里路了，又冷又饿的他已全身乏力。他知道要想穿过眼前的这片森林，以他目前的体力，要花好几个小时，能否挺过去他自己也无法确定。可是他归心似箭，不顾一切地往前走。天黑了下来，厚厚的积雪和刺骨的寒风，使他的马寸步难行。他环视四周，没发现一幢房屋，唯一能避风御寒的是一个大树洞。他钻了进去，一整夜蜷缩在洞里，度过了他一生

中最漫长的冬夜。尽管又饿又乏，可不时传来的阵阵狼嚎声，令他胆战心惊，一夜不敢合眼。终于熬到天亮，他又犯愁了，积雪把所有的路盖住了，他不知道该往哪里走。

扒开积雪，他终于找到一条路，顺着路走下去。起初，道路崎岖难行，路面很滑，他多次摔倒。不久，道路越来越平坦。最后，他踏上一条林荫大道，路的另一端直通一座金碧辉煌的城堡。令他纳闷的是，路面上没有一丁点儿雪，路两旁长满了橘子树，树上满是鲜花和橘子。

商人来到城堡门前，沿着用玛瑙铺就的台阶进入一个大厅，大厅里有几间装饰奢华的房间。这时，一阵暖风迎面扑来，商人心情愉悦。不过，好心情随即被饥饿感取代，他四处寻找食物。可偌大的宫殿空无一人，如死一般静寂，问谁要食物呢。他穿过一道道走廊，找遍一间间房间，也没找到一丁点儿食物。最后，他来到一间小房间，里面的炉火烧得正旺，旁边放着一张睡椅。他实在太累了，也不管睡椅是为谁准备的，一屁股坐了上去，头一歪，很快进入了梦乡。

几个小时后，他饿醒了，房间里依然只有他一个人。奇怪的是，旁边的桌子上竟然摆着丰盛的午餐。他一天一夜没进食了，早已饥肠辘辘，想也没多想，立即扑到餐桌旁，狼吞虎咽吃了起来。他边吃边想，一定要好好感谢热情招待他的主人。可是，吃完饭后，依然没有人来。他倒头又睡了好久，直至体力完全恢复。再次醒来时，周围还是没有一个人。但身边的桌子上却又摆上了热气腾腾的饭菜，还有美味的糕点和新鲜的水果。四周静悄悄的，原本胆小怕事的商人更是惶恐不安。他迅速查遍了所有的房间，可偌大的宫殿毫无一点儿生命迹象，他心里更是不知所措。他幻想着自己就是宫殿的主人，这里的一切都属于他，他该如何把这些财产分给他的孩子们。他不知不觉中进入一座花园。尽管外面是滴水成冰的严冬，可花园里却阳光明媚，群芳斗艳，百鸟争鸣，好一副春意盎然的景象。眼前的一切，令商人心花怒放，自言自语："这一切是上天赐给我的，我要立即把孩子们接来，与他们一起分享这份快乐。"

他走进城堡时，尽管又累又饿，但他没忘记把马牵进马厩，备足草料。现在，他想该骑马回家了。想到这里，他抄近路向马厩走去。那是一条小路，路两旁长满了茂密的玫瑰花，非常娇艳，散发着醉人的芳香。这一生中，他从未见到过这么美、这么香的玫瑰花。这时，他想起小女儿贝蒂想要的礼物，于是随手摘了一朵玫瑰花。突然，一种令人恐怖的声音从背后传来。他大吃一惊，猛一回头，看到一头凶神恶煞的野兽，正怒气冲冲地朝自己吼道："你怎么可以随便摘我的花朵？我对你那么友好，让你随便出入我的宫殿，你却偷我的花，这就是你对

我的报答吗？你要为自己的无礼行为付出代价。"

听了他愤怒的话，商人害怕极了，玫瑰花从他手中落下来。他双膝跪地，说道："伟大的先生，请您原谅我。感谢您的热情款待，但我没想到一朵小小的玫瑰花会让您如此愤怒。"然而，野兽并没有消气。他说："你很会阿谀奉承，但我不能饶了你，因为你死有余辜。"

"啊！"商人暗想，"贝蒂哪里知道，你要的玫瑰花将给我带来生命危险。"

绝望之下，商人原原本本将自己的不幸遭遇向野兽述说了一遍，告诉他离家的原因，以及小女儿贝蒂的请求。

"哪怕富可敌国的国王也无法——满足女儿们的愿望。"他说，"但我想，我至少能带回去一朵玫瑰花送给小女儿贝蒂吧。请宽恕我的无礼吧，我丝毫没有损害您的想法。"

野兽想了一会儿，口气缓和了许多，说道："要我原谅你也行，除非你同意把一个女儿嫁给我。"

"天啊！"商人喊道，"即使我能狠下心，用女儿的性命来换我一命，可我找什么理由把她骗到这里来呢？"

"根本不用找理由。"野兽回答，"她必须真心实意地来，不附带任何理由。我也想看看，你的女儿中，谁有勇气站出来救你。我看你老实本分，就相信你一次，让你回家。不过，在一个月内，你一定要带一个女儿前来。要是她们都不肯来，那你就独自回来，从此与她们分别，永远成为我的奴仆。你可别幻想能逃出我的手心，要是你不回来，休怪我亲自去抓你们一家。"野兽严厉地说。

商人只好同意，可他能说服哪个女儿前来呢？他心里没底，也不敢去想。他向野兽承诺，一定在约定的时间内返回。现在，他只想尽早离开这个魔窟，越早越好。他请求马上起程回家，可野兽却执意让他休息一晚，明天天亮再走。

"等明天，我会给你备好一匹骏马。"野兽说，"现在，回去吃晚饭，等候我的命令。"

可怜的商人吓得魂飞魄散，哆哆嗦嗦地回到房间。小桌子上已经摆好了丰盛的晚餐，炉火依旧在熊熊燃烧。可他的心早已被恐惧占据，哪儿还有心情吃东西啊。要是不吃，他又怕野兽怪罪，只好放开肚子吃了起来。刚吃完，隔壁就有脚步声传来。是祸躲不过，他努力保持镇静。野兽走了进来，粗鲁地问他晚餐是否合他的口味。商人毕恭毕敬地回答，食物很可口，并再三感谢他的盛情款待。野兽再次提醒他要遵守约定，并要将这里的实情原原本本地告诉女儿们听。

"明天太阳升起时，你就会听到起床的铃声，"他补充说，"到那时，你会发现，早饭和马匹都给你准备好了。一个月以后，你还是骑着这匹马，带着女儿返回。别忘了，给贝蒂带上一朵玫瑰花，谨记你的承诺！再见！"

野兽走了，商人紧张的心才放松下来。然而，他彻夜未眠，忧心忡忡，躺在床上，直至朝阳升起，铃声响起。匆忙吃过早饭后，他摘了一朵漂亮的玫瑰花，骑上马，策马扬鞭奔了出去。马跑得飞快，瞬间就看不见宫殿了。正当他还为怎么向女儿们说此事而烦心时，马已载着他来到他家门口。

孩子们纷纷跑出来迎接他。离家这么久，他们非常担心父亲的安危，也急着想知道商船的情况。起初，商人什么也不愿说。只是当他把玫瑰花交给贝蒂时，满怀伤感地说了一句："这是你让我给你带的玫瑰花，为了它，我付出了巨大的代价。"

孩子们急忙追问是怎么回事。于是，商人一五一十将自己这半年来的遭遇述说了一遍。大家听了，心情都很沉重。女儿们的希望落空了，不停地叹气；儿子们则竭力劝说父亲不要再回到那个城堡，要是野兽前来，他们想法对付他。商人提醒儿女们，不能言而无信，他肯定要回去。这样一来，众人把怒火撒在贝蒂身上，责怪她是不幸的源头，是她把大家害苦了。

贝蒂伤心欲绝，她对大家说："我想在盛夏时节要一朵玫瑰花，这个要求很正常，不曾想会酿成大祸。我发誓，我绝对不是有意这么做的。既然灾祸因我而起，就由我来承担，我愿意随父亲前去，履行他的诺言。"

起初，无人听她的话。父亲和哥哥们那么爱她，怎么舍得让她去呢，可是贝蒂执意要去。时间一天天逼近，她将自己仅有的东西分别送给姐姐们，然后同家人一一道别。当不幸的日子来临时，她笑着安慰父亲，随他一起骑着那匹神马向城堡驰去。马去如风，贝蒂一点儿也不害怕，反而有点喜欢这样的旅行，也并不为未来担心，一切很坦然。尽管一路上，父亲一个劲地劝她回家。

夜幕降临时，他们来到那片森林。突然间，五彩缤纷的强烈光芒从森林各处迸射出来，绚丽夺目的烟花不停绽放，整座森林被照得通亮。刚才还是寒冬，此刻却让人感到温暖如春。在五光十色的烟花映照下，父女俩踏上了那条布满橘子树的林荫大道。高大的雕像举着熊熊燃烧的火把分站两旁，在明亮绚丽的灯光下，原本金碧辉煌的宫殿被映衬得晶莹剔透，宫前的庭院里还传出悠扬的乐曲。

"看来野兽早已饿极了，所以才这么隆重地欢迎猎物的到来。"贝蒂淡定地说，尽管她心里也忐忑不安，但眼前的美景还是令她由衷赞叹。

来到宫殿前的台阶前，马停了下来。父亲先下马，扶女儿下来后，领着她拾级而上，进入他曾住过的小房间。房间里一切如故，炉火烧得正旺，小桌上摆着丰盛的晚餐，桌旁有把睡椅。

一切都为他们父女准备好了。贝蒂见自己和父亲穿过那么多房间，也没有看到野兽的踪影，紧绷的心也就放松了下来。经过长途跋涉，她饿极了，就美滋滋地吃起晚餐。尚未吃完，他们就听见有沉重的脚步声由远及近。不用猜，是野兽来了。贝蒂非常害怕，紧紧搂着父亲，可看到父亲也被吓傻了，顿时浑身哆嗦起来。不过，她努力使自己镇静了下来，彬彬有礼地向野兽打招呼。

对此，野兽感到很高兴。他看了贝蒂一眼，友好地说："晚上好，老人家！晚上好，美人！"他的声音虽然没有丝毫怒气，但即便最英勇的骑士听了，也会毛骨悚然。

商人吓得一句话也说不出来，可贝蒂友好地回答："晚上好，野兽！"声音是那么的悦耳动听。

"你是自愿来的吗？"野兽问，"你父亲走后，你真想单独留在这里吗？"

贝蒂说她是自愿来的，很乐意留在这里。

"很好，"野兽显得很满意，"既然是自愿的，你当然能留下。至于你的父亲，"他转过头对商人说，"明天天一亮，你就可以回家了。还是像上次一样，铃声一响，你就起床吃早饭，骑那匹马回去。不过，从今往后，你再也看不到我的宫殿了。"

接着，他又转过身对贝蒂说："隔壁的房间里有两个箱子，带你的父亲过去，帮他挑选你的兄弟姐妹们喜欢的东西，直到把箱子装满。我要送给他们一些非常贵重的东西，留作永久的纪念。"

说了一声"再见"后，野兽就离开了。想到即将和父亲分别了，贝蒂非常恐慌。但她不敢违抗野兽的命令，只好带着父亲来到隔壁房间。打开房门，父女俩顿时目瞪口呆。房间内放满了柜子，上面堆放着无数珍贵的物品，那些精美的服装和与之相配的各种饰品，即便是见多识广的王后，想必也没有见过。

贝蒂打开橱柜，每层架子上堆满了光彩夺目的珠宝，看得她眼花缭乱。她给每个姐姐挑选了一些漂亮的衣服和精美的珠宝。当贝蒂打开最后一个柜子时，发现里面装满了黄金。

"父亲，我们最好还是把别的东西全部拿出来装上黄金，我想，黄金对你更有用。"他们照此做了。可他们装进去的黄金越多，感觉箱子好像越空。后来，他们把取出的衣服和钻石又重新放了进去，贝蒂又双手捧着满满的一堆钻石放了进去，可箱子还是没有装满，却重得想必连大象也无法驮得动。

"野兽存心耍我们，"商人气愤地说，"他明知道我搬不走这些东西，就假装全送给我们。"

"等着瞧吧，我不相信他有意欺骗我们。"贝蒂说，"我们还是先把箱子捆好，准备随时出发吧。"

一切准备妥当后，父女俩回到那间小房间，看到早餐已经摆在桌上。看到野兽这么慷慨，商人心想：也许过不了多久，他就能回来探望女儿。想到这里，他心情大好，胃口大开。但贝蒂十分清楚，明白她和父亲从此永远地分别。当提醒父亲离开的铃声第二次刺耳地响起时，贝蒂心如刀割。她和父亲来到院子里，看到两匹马已经整装待发，一匹驮着两只大箱子，一匹供商人乘骑。马似乎等得不耐烦了，不停地刨着地面。商人和贝蒂匆忙道别后，翻身上马。马也不用他催，撒开四蹄，奔跑出去，转眼间从贝蒂的视线里消失了，贝蒂伤心地哭起来。她失魂落魄地回到了自己的房间，感到疲倦极了，躺在床上，很快就睡着了。

她梦见自己在小溪边漫步，溪边是郁郁葱葱的大树，而她正为自己悲惨的命运而伤心。这时，一个素未谋面的年轻王子向她走来，用感人肺腑的声音对她说："亲爱的贝蒂，一切并非你想象的那样糟糕，过去无论你受过何种苦难，在这里都会得到补偿，你的任何愿望也都能实现。只是，无论我是什么模样，都请你想方设法地找到我。只要你的心灵同你的容貌一样美丽，你就能找到自己的幸福。"

"王子，为了你的幸福，我能做点什么呢？"贝蒂问。

"有一颗善良的心就够了，"他说，"不要被眼前看到的一切所迷惑，更重要的是，要用心去看，在把我从不幸中解救出来之前，不要独自离开。"

接着，她梦见自己又走进了另一个房间，里面有一位美丽端庄的妇人，温柔地对她说："亲爱的贝蒂，不必为失去而悔恨，因为你注定会交上好运，切记，别被外表所迷惑。"

这个梦是那么有趣，以至贝蒂不想马上醒来，可是时钟为了唤醒她，已经喊了十二次她的名字。起床后，贝蒂发现梳妆台上早备好了各种各样的化妆品、洗漱用品，应有尽有。梳洗完，用过午餐，她就舒服地坐在沙发上，开始回味梦中见到的白马王子。

"他说我可以给他幸福。"贝蒂自言自语。

"可是，要是可怕的野兽把他关了起来，我怎么才能救他呢？他们都对我说，不要相信外表的东西，这太奇怪了！我一点儿也想不明白。不过，这终归是一场梦，我何必自寻烦恼呢？唉，我还是四处走走吧，看有没有好玩的东西。"想到这里，她起身向宫殿其他的房间走去。

她走进的第一个房间，里面摆满了镜子，无论从哪个角度看，都能映出她的身影。她心想：这房间太迷人了。这时，她看到在吊灯上挂着一只很精美的手镯。她把手镯取下来，上面有一个妇人的画像，正是她梦中见到但并不认识的妇人，她顺手把手镯戴在了手上。接着，她走进一间画室，发现有个英俊王子的画像，画得栩栩如生。她仔细地观看着王子，王子好像在向她微笑。贝蒂在画像前站了许久，才恋恋不舍地离开。

随后，她来到一间乐器室，里面摆满各种乐器。她挑了几样乐器，自弹自唱，直至弹累了为止。下一间是书屋。在这里，她找到了许多以前读过的书籍和想要读却未读的书。这里的藏书非常丰富，恐怕她这一辈子也读不完。这时，天已经黑了，那些钻石和红宝石烛台上的蜡烛开始点燃，每个房间顿时灯火通明。

贝蒂肚子有点饿了，想吃晚饭。回到最初的那个小房间，她看到晚饭已经准备好了。她没有听到任何声音，也不曾看到一个人影。虽然父亲早已告诉她要学会孤独，可直到此时，孤独才涌上心头。

这时，她听到野兽的脚步声。她十分害怕，担心他过来把自己吃掉。不过，野兽来到她面前时，显得非常友善，不过说话的声音依旧很粗鲁："晚上好，贝蒂！"

她竭力掩饰自己的恐惧，装作很快乐地回答他。野兽问她白天在哪些地方玩，贝蒂就如实地把她到过哪些房间，看到什么说了一遍。

接着，野兽问她，在他的宫殿里是否幸福。贝蒂回答说，在这里一切都好，如果她感觉不到，那她这个人就欲壑难填了。他们大约谈了一个钟头以后，贝蒂发觉，野兽没有想象中的那么可怕。

"你爱我吗？贝蒂，你愿意嫁给我吗？"

"啊？叫我怎么说呢？"贝蒂说，她怕拒绝会激怒野兽。

"你不用害怕，只需回答是或者不是就好了。"野兽说道。

"啊！不！野兽。"贝蒂赶紧说道。

"既然你不愿意，那就再见吧！晚安，贝蒂！"野兽说。

"晚安！野兽！"她很高兴，因为她的拒绝并没有使他非常生气。野兽走了以后，贝蒂很快就上床睡着了，还梦见了那位未曾谋面的王子。

她感到，他走过来对她说："亲爱的贝蒂，为什么这样无情地对我！我非常害怕，幸福离我还那么遥远。"

接着，她又做了很多关于那位迷人王子的美梦。天一亮，她马上去看那幅画像，看他像不像梦中人，她惊讶地发现，他们就是一个人。

上午，她决定到花园里散步。花园里春光明媚，泉水欢快地流淌着。她突然感觉，眼前的一切似曾相识。来到小溪边，看到溪边的樱桃树，她记起来了，这里是她与梦中的王子第一次邂逅的地方。这一切使她更加确信，是野兽把王子囚禁了起来。

贝蒂走累了，又返回到宫殿，走进一间从未进去过的房间，看到里面堆满了各种各样的手工制作材料。有用来编织蝴蝶结的绸带，还有绣花用的丝绸。然后，她又进入了一间鸟舍，里面养着许多珍稀的小鸟。小鸟非常温顺，一点儿也不怕人，看到贝蒂马上飞到她的头上和肩膀上栖息。

　　"可爱的小鸟，"贝蒂说，"要是鸟舍离我更近一些该多好啊，这样，我就可以随时听到你们的歌声了。"说着，她打开了一扇门，欣喜地发现这扇门直通她的房间。尽管她清楚地记得自己的房间在宫殿的另一头，断然想不到它会立即出现在眼前。

　　再往前走，是一间更大的鸟舍，里面有更多的鸟。花鹦鹉和白鹦鹉不停地叫着她的名字，欢迎她的光临。看到这些鹦鹉

那么可爱，她决定带两只到自己的房间。晚餐时，它们就陪在她身旁说话。刚吃完，野兽如期而至，问她相同的问题，随后用嘶哑的声音说了一声"晚安"后离开。贝蒂也困乏了，立即上床睡觉，约会梦中神秘的王子。

贝蒂每天总能找到新奇的东西打发寂寞的时光，日子就这样一天天流逝。一段时间后，王宫里另一件奇妙的事情引起了她的注意，每当她寂寞和厌倦时，她总能从这里找到欢乐。

宫殿里有一间房间，起初，她并不感到有什么特别，毕竟房间里除了每扇窗子下摆着一把舒适的椅子外，再也没有其他东西。第一次走进这个房间时，她向窗外望去，可什么也看不见，就像有窗帘遮住了视线。第二次进入这个房间时，正好有点累，就坐在了一把椅子上，突然，她看到窗帘迅速地卷向一边，一场滑稽可笑的哑剧正在表演，有精彩绝伦的舞蹈，有五彩缤纷的灯光和美轮美奂的音乐，还有光彩夺目的服装。节目非常精彩，看起来非常有趣，贝蒂看得如梦如幻。

后来，她逐一到另外七个窗口下坐着，每个窗口都表演着不同的娱乐节目，看了让人叹为观止。如此一来，贝蒂就再也不感到空虚和寂寞了。每天晚饭过后，野兽如期而至，与她友好地交谈，临别时，总是用那可怕的声音问她相同的问题："贝蒂，你愿意嫁给我吗？"

通过这么长时间的接触，贝蒂已经对野兽很熟悉了。每次贝蒂拒绝他时，他都耷拉着头，神情落寞地默默离开。不过，每天能梦到英俊的王子，贝蒂就很快忘记了可怜的野兽。唯一让她感到心烦意乱的是，似乎总有一个声音在告诫她，要保持理智，不要简单地相信外貌，看到的其实只是表象。还有很多类似的事情令她百思不得其解。

时间就这样快乐地流逝着。有一天，快乐的贝蒂非常思念亲人。这天晚饭后，野兽发现她很忧郁，一点儿也不开心，就问她怎么啦。贝蒂已不再害怕他了，她明白，野兽只是外表凶恶，声音可怕而已，他有一颗温柔的心，而且彬彬有礼，对她一片真心。于是，贝蒂如实地说，她特别想回家看看了。听到她的话，野兽心如刀绞，非常难过地说："啊，亲爱的贝蒂，你真的忍心抛弃一个不幸的野兽吗？到底我怎么做才能让你感觉到幸福？你想离开这里，是不是因为怨恨我？"

"不，亲爱的野兽。"贝蒂温柔地回答，"我一点儿也不恨你，如果今后再也见不到你，我会非常难过。可我特别想再见一见父亲。求你让我离开两个月，好吗？我保证，时间一到，我立即回来，此后一辈子待在这里。"

"我答应你的任何要求，即使是付出我的生命也不后悔。你到隔壁的房间找四个箱子，装满你想带走的所有物品。不过，你一定要信守承诺，两个月后要准时回来，否则你将追悔莫及。如果你违背了承诺，就会看到你忠心耿耿的野兽绝望地死掉。你想回来时，不用乘马车，只需要在离别前的那天晚上，和你的亲人说声再见，躺在床上，转动你手指上的这枚戒指，毫不迟疑地说：'我想见到我的野兽，快送我回到宫殿。'你就会立即回来。再见！亲爱的贝蒂！别害怕，先安静地睡一晚吧！明天，你就会见到你的父亲。"

野兽一走，贝蒂立即往箱子里装稀世珍宝，直到她累得实在不能动弹了为止。

　　躺在床上，贝蒂激动得睡不着觉。毕竟太累了，她终于睡着了，睡梦中，她惊讶地发现，心爱的王子非常憔悴和悲伤，直挺挺地躺在草地上，就像一个即将死去的人。

　　"你怎么了？"她大声地问。王子责备地盯着她说："好狠心的女人，你还来问我？你不是想抛下我，让我早点死去吗？"

　　"别难过，"贝蒂说，"我只是想回去告诉父亲，我在这里很幸福，让家人别为我担心。我已经虔诚地答应过野兽，我一定会回来。如果我违背诺言，野兽也会伤心地死去。"

　　"这关你什么事？"王子说，"你会关心野兽吗？"

　　"野兽那么善良，我若不关心他，岂不成了忘恩负义的人！"贝蒂感慨地说，"其实，丑陋的外表并不是他的错。要是能把他从痛苦中解救出来，我就是死也在所不惜。"

　　就在此时，她突然被一连串奇怪的声音吵醒，听到有人在窗外说话。睁开双眼，她惊讶不已，发现自己躺在一间陌生的房间里，当然没有野兽宫殿的房间豪华。这是哪里呢？她赶紧起床，穿好衣服，看到昨晚装好的箱子都在房间里。她不清楚野兽用什么魔法将箱子和自己送到眼前的这间房间。正困惑之际，她突然听到了父亲的声音，便兴奋地奔了出去。兄弟姐妹们见她平安归来，起初也很吃惊，从没想过还能见到她，然后围着她，不停地问这样或那样的问题。而她也想知道，自从她离家后，家里都有什么变化。可是，当家人得知她只能在家中住两个月，然后将永远分别时，他们都痛哭流涕。

　　后来，与父亲单独相处时，贝蒂问父亲，那些奇怪的梦到底是什么意思？为什么梦中的王子总是不停地告诫她，不要被外表所迷惑。父亲认真思考后回答："按照你的话，野兽只是外表非常凶恶，内心其实很善良，品行高尚，而且深爱着你。值得你去爱他。我猜想，王子反复告诫你，他可能想说，不管野兽有多丑陋，要报答他的恩情，就按照他的愿望去做。"

贝蒂觉得父亲分析得很有道理。可是，一想到英俊可爱的王子，她就一点儿也不愿意嫁给野兽。不论怎样，在这两个月内，她还不用做决定，可以和姐妹们尽情地玩耍。现在，她们又像以前一样富有，搬回了城市里，有很多的朋友。但贝蒂却开心不起来，她经常想起宫殿，想到在那里是多么的幸福。特别是回家以后，王子再也没有在梦中出现过，这令她异常失落。

姐妹们也早已习惯了没有她，有时甚至觉得她有些碍事。因而，当两个月匆匆过去时，她显得很平静，对她们没有恋恋不舍之情。倒是父亲和哥哥们，却再三恳求贝蒂留下来，想到与她永远分别，就无比悲痛。这让贝蒂没有勇气向他们说再见。每天早上，她下定决心要在今晚离开时，可一到晚上，她又改变了主意，把分别的时间往后推迟。直到有一天，她做了一个悲惨的梦，她才下定决心离开。在梦中，她独自在花园里的一条小路上徘徊，听到一声声微弱的呻吟从遮掩洞口的灌木丛中传来。她赶紧跑了过去，扒开洞口，看到野兽斜靠着洞壁，呼吸非常微弱，似乎即将死去。他用纤细的声音指责她，说她毫无诚信，给他带来了不幸。这时，那个梦中时常出现的妇人出现在她面前，严肃地说道："贝蒂，你要是再不回来，他就真的没救了！看看吧！失信多么可怕！你要是再多待一天，他必死无疑。"

贝蒂被这个梦吓坏了。第二天晚上，她不再犹豫，立即和所有的亲人道别，随后躺到床上后，迅速转动手上的戒指，毫不犹豫地说："我想见到我的野兽，快送我回到宫殿。"

说完，她就睡着了。等闹钟用美妙的乐声连喊十二次贝蒂时，她才醒过来。她明白自己又回到了宫殿，像从前一样，鸟儿见到她都高兴地欢歌，不停地拍打翅膀。贝蒂急着见到野兽，以至她感觉这个白天太漫长了，似乎黑夜永远不会降临。

晚餐的时间到了，野兽第一次没有如期出现。贝蒂吓坏了，她焦急地等待着，期待着能够听到他沉重的脚步声传来。可是等了许久，依然没有声音。她彻底失望了，便匆忙跑到花园去找他。可怜的贝蒂走遍了花园的大路和小径，到处呼喊野兽，可一直无人回应，也不见他的踪迹。找了许久，她又累又困，想停下来休息一会儿。突然，她猛地发现，她来到了梦中的那条林荫小道，便急匆匆地沿着小道往前跑。太好了，野兽正躺在山洞里。贝蒂原以为他正在熟睡，便兴奋地拍打他的头，却惊恐地看到，野兽毫无反应，连眼睛也不眨一下。

"啊！他死了！是我害死了他！"说着，贝蒂放声痛哭。

可是，当贝蒂再看他时，又感觉他还有微弱的呼吸。贝蒂急忙跑到附近的泉水旁，取了些泉水，浇在了他的头上。令贝蒂欣慰的是，他逐渐苏醒过来。

"啊，野兽！你吓死我了。"她喊叫着，"直到现在，我才发现我有多么爱你，唯恐我来晚了，再也无法解救你。"

"我这么丑陋，你真的爱我吗？"野兽虚弱地说，"啊，贝蒂，你来得正好，再晚一步，我就要死去了，因为我绝望了，以为你把承诺忘得一干二净。好了，我不会死了，你也早点回去休息吧，我等会儿来看你。"

起初，贝蒂以为野兽生气了，可他的话丝毫没有怨言，就放心地回去了。回到小房间，晚餐已经准备好了。用完餐后，野兽如期而至，两人快乐地谈论着这两个月贝蒂在家里的情景。野兽问她，和家人聚在一起是不是很开心？家人问了她什么？

贝蒂很有耐心且很有礼貌地一一回答。又到告别的时候了，野兽仍然像以前一样问道："亲爱的贝蒂，你愿意嫁给我吗？"

这次，他终于听到他想听到的回答："愿意，我很愿意，亲爱的野兽。"

话音刚落，宫殿窗外烟花绚烂，礼炮齐鸣，焰火四起，数不清的萤火虫飞向宫殿门前的那条林荫道上，在上空摆出一行闪闪发光的大字："王子万岁！新娘万岁！"

贝蒂转过身来，想问野兽是怎么回事。哪里还有野兽的身影，出现在她眼前的，正是她梦中的相亲相爱的王子！这时，从林荫道上驶来一辆马车，两个妇人下车后，直奔贝蒂的房间。贝蒂认识其中一位，她就是梦中那位端庄脱俗的妇人；另一位雍容华贵，像王后般高贵。贝蒂有点惊慌失措，不知如何是好。

这时，只见贝蒂曾见过的那位妇人对另一位说："王后，这就是贝蒂，她凭借自己的勇气，为您的儿子解除了魔法。他们真诚地爱着彼此，只要您同意他们结婚，他们一定会美满幸福的。"原来，贝蒂在梦中见过的这位妇人是一个仙女。

"我非常支持他们结婚。"王后说，"美丽的姑娘，是你让我的儿子解除魔法，恢复自由，我衷心地感激你。"

王后热情地分别拥抱贝蒂和王子，然后他们同时向仙女表达感谢，并接受她的祝福。

"现在，"仙女对贝蒂说，"我要把你的家人都请来，让他们参加你的婚礼，尽情地和你一起跳舞，我想你肯定非常高兴。"

仙女说到做到。第二天，王子和贝蒂举行了世界上最隆重的婚礼，从此，过上了幸福安稳的生活。

穿靴子的猫

　　从前，有个磨坊主，临终时留给三个儿子的家产只有一间磨坊、一头驴和一只猫。这点可怜的家产就不劳公证人和律师来主持公道了，很快就分好了。老大分走了磨坊，老二分到了驴，留给最小儿子的只有那只猫了。可怜的小儿子看着那只猫，心里愤愤不平。

　　"要是两个哥哥能合伙干的话，他们倒也能滋润地生活。"他自言自语，"而我呢？吃掉这只猫后，猫皮充其量只能做一副手套，从此，我只能喝西北风了。"

　　听了他的话，猫故作不知，随后表情严肃地对他说："我的主人，别自寻烦恼了，只要给我一个口袋，再给我做一双靴子，穿上靴子，我就能在泥地和荆棘中肆意奔跑了。到那时，你会发现，分到我这份财产也许并不差。"

　　小儿子虽然不大相信猫的话，不过，他倒是经常看到，猫有许多抓老鼠的高招，比如将身体倒挂在房梁上，躲藏在食物中，或者装死等。他想：也许目前这种窘迫的处境，猫说不定真的能帮助自己。想到这里，他为猫准备了靴子和口袋。

猫神气十足地蹬上靴子，把口袋挂在了脖子上，两只前爪抓住袋口的绳子，来到了一个养兔场。养兔场里有许多兔子，猫打开口袋，往里放了一些麦麸和莴苣后，就僵硬地躺在地上装死，引诱那些天真活泼的小兔子，钻进口袋里找食物吃。

猫很快就如愿了，一只呆头呆脑的小兔子就冒冒失失地钻进了口袋里。猫立刻勒紧绳子，轻而易举地抓住小兔子。带着猎物，猫趾高气扬地来到王宫，要求拜见国王。随后，猫随侍卫拾级而上，来到国王的会客厅。见到国王后，猫鞠躬致敬后说："尊敬的陛下，我给您送来一只兔子，这是我的主人卡拉巴斯侯爵（猫为主人随意编造的名字）孝敬您的。"

"转告你的主人，"国王说，"我很高兴，谢谢他的礼物。"

还有一次，猫隐藏在庄稼地里，悄悄地张开口袋，一对鹧鸪乐颠颠地跑了进去，猫勒紧绳子，逮住了它们。像上次送兔子一样，猫把两只鹧鸪送给了国王。国王又高兴地收下了，还打赏许多钱给猫买酒喝。

此后两三个月，猫不断地以主人的名义送礼物给国王。

有一天，猫听说国王将带着女儿——世界上最美丽的公主，到湖边游玩，立即建议主人到那个湖里去洗澡，其他的事情由它来安排，并说如果照它的话去做，就会好运连连。

主人虽说搞不清楚猫要做什么，但他相信猫不会骗他，就照做了。正当他洗澡时，国王携女儿来了。猫立即大声呼喊：

"救命啊！快来人啊！卡拉巴斯侯爵快要淹死了。"

听到呼救声，国王从马车的窗口探出头来，看到是那只经常给自己送野味的猫在呼喊，立即命侍卫前去搭救。卡拉巴斯侯爵被救上岸后，猫赶紧跑到马车前向国王解释，说侯爵正在湖里洗澡，突然来了几个盗贼，抓起他的华丽衣服就跑，侯爵拼命地大声叫喊"抓贼啊！抓贼啊！"但他的衣服还是被偷走了。

其实，足智多谋的猫早已把主人的衣服藏了起来。国王立刻命令负责他服装的官员回去，给卡拉巴斯侯爵挑一件华丽的衣服。

　　国王热情地拥抱了卡拉巴斯侯爵。他本来就体格匀称，长相俊美，穿上华丽的服饰后，更显得仪表非凡。公主看见他后，心里暗生好感。等卡拉巴斯侯爵时不时向她投来仰慕的、含情脉脉的目光后，她很快心猿意马，深深地爱上了侯爵。

　　国王诚邀侯爵随他一起观赏乡村的风景。猫看到自己的计谋得逞，喜出望外。它赶紧跑到马车前面做好迎接国王的工作。

　　猫看到一群农民正在割草，就对他们说："大家好！待会儿国王将路过这里，他会向你们问好，并问你们这是谁的草场，你们要告诉他，这是我们的主人卡拉巴斯侯爵的。否则，我会惩罚你们。"

　　国王果然问那些割草的人，这是谁的草场。

　　这些农民显然被吓坏了，异口同声地回答："是我们的主人卡拉巴斯侯爵的。"这时，侯爵不失时机地说："陛下您看，这片草场年年丰收。"

猫继续往前跑，不久，它看到一群农民忙着收割庄稼。猫又对他们说："大家好！待会儿国王将路过这里，他会向你们问好，并问你们这是谁的农场，你们要告诉他，这是我们的主人卡拉巴斯侯爵的。否则，我会惩罚你们。"

过了一会儿，国王的马车来了，他问农民眼前的这一大片庄稼是属于谁的？

"是我们的主人卡拉巴斯侯爵的。"收割庄稼的农民说。国王听了非常高兴，侯爵开怀大笑。国王还祝贺侯爵喜获丰收。

猫一直跑在前面，无论看什么人，都要求他们说同样的话。看到侯爵拥有如此多的田产，国王十分惊讶。

最后，猫看到了一座非常宏伟的城堡，它的主人是一个妖魔，拥有举世无双的财富，前面国王马车经过的土地，其实全附属于这个城堡。猫想亲眼见识一下他，看看他有什么本事。猫请求觐见他，说自己久仰他的大名，特地前来表达仰慕之情，并说如能见上一面，是它毕生最大的荣幸。

妖魔被捧得飘飘然，热情地接待了猫。

猫恭维说："听人说，你本领高超，能变成各种动物，比如变成狮子或者大象？"

"那当然是小菜一碟，"妖魔得意地回答，"为了让你相信，我现在就变成一头狮子给你看看。"

说完，猫就变成了一头雄狮。看到狮子离自己这么近，猫吓得赶紧蹿到了屋顶上。可是，猫穿着靴子在屋顶上行走，就显得非常笨拙，稍有不慎，就会掉下去，小命就难保了。没多久，妖魔又变回原形，猫才心有余悸地跳下来，说自己刚才被

吓坏了。

猫继续恭维说："我还听说，你能变成像老鼠一样的小动物，可是我有点怀疑，你身材那么高大，怎么能缩那么小呢？"

"很简单，"妖魔得意地说，"我这就变给你看。"

说完，妖魔马上变成了一只老鼠，在地板上乱窜。猫瞅准时机，扑了过去，一口就把老鼠吃掉了。

刚杀死妖魔，国王一行人就来到了城堡前。听到国王的马车驶过吊桥的声音，猫马上跑了出来，对国王说："尊敬的国王陛下，欢迎您光临卡拉巴斯侯爵的城堡。"

"什么？我的侯爵！"国王惊叫起来，"这是你的城堡？这个庭院，还有周围的建筑真是巧夺天工，我想再也没有比它们更精致、更奢华的建筑了。能让我们进去参观一下吗？"

侯爵伸出手，挽住公主，随国王一起进去了。他们来到一间宽敞的大厅。大厅里面摆好了琳琅满目的点心，原本是妖魔招待朋友准备的，不过，看到国王进去了，他们立即裹足不前，无人敢进来。国王完全被卡拉巴斯侯爵高贵的身份迷住了。当然，她的女儿也已经疯狂地爱上了他。国王看到侯爵拥有那么广阔的土地，喝了五六杯酒后就问他："你是否愿意娶公主为妻？"

侯爵深鞠一躬，说他非常爱慕公主，很荣幸成为国王的女婿。当天，他们就在城堡举行了隆重的婚礼。

从此，猫也成了贵族，再也不必去抓老鼠了，不过它也偶尔捉一只，纯粹是为了开心。

白猫公主

从前有个国王，他有三个儿子，个个文武双全，不仅英勇无敌，更是聪明过人。国王日渐年迈，但他依然勤勉治国，将国家打理得井然有序，因而他一点儿也不打算提前退位。可是，他老是担心，自己尚未去世，儿子们就抢夺他的王位。为了确保晚年平安，他想出了一个绝佳的办法，那就是向儿子们承诺日后让出王位，借此稳住他们，然后想方设法不兑现承诺，这样就能让自己高枕无忧了。

他把三个儿子叫到跟前，和蔼可亲地同他们交谈："孩子们，我老了，不能像以前那样，事必躬亲地管理国家了。我怕长此以往，会损害国家的利益，因此，我希望从你们之中，挑选一人继承我的王位。不过，在我把王位传给你们之前，你们理应竭尽全力为我做事。我打算退位后到乡下养老，希望有一条活泼可爱，忠诚的小狗陪伴在我身边，那将是我最幸福的生活。因此，我向你们承诺，不管你们谁长谁幼，只要他能给我带回来这样的一条小狗，他就能继承我的王位。"

父王毫无征兆突然喜欢上狗，这让三个王子大吃一惊。大儿子性格温顺，自然不会反对。而这也给了两个小王子，有当上国王的良机。所以，他们都愉快地答应了。

父王送给了他们一些银子和贵重的宝石，约定在一年后的今天，就在此地，看看他们带回来的小狗。

辞别父王后，三个王子在朋友们的陪同下，来到离城约有十里的一座城堡，在这里大摆筵席，答谢他们的朋友。三兄弟承诺，有福同享，有难同当，团结一心。他们约定好，一年后，先在这座城堡会合，然后一同去见父王。随后，三个人在一条岔路口分道扬镳，各奔不同的方向。

两个哥哥历尽艰险，也有许多离奇的遭遇，我们不在此一一述说。下面所讲述的，只是关于小王子的故事。他英俊潇洒、聪明伶俐、学识渊博，更有超乎常人的勇气。

小王子每天做的事基本相同，那就是买狗，有大狗、小狗，灰狗、花狗，猎犬、牧羊犬、矮脚狗，还有哈巴狗。有时，刚买下一条漂亮的小狗，又发现一条更好看的，他只好把前面买的狗放了。毕竟他孤身一人，哪儿能带着成群结队的狗呢。

小王子漫无目的地走了很多天。一天傍晚，他不慎走进一片黑乎乎的大森林，一下子迷了路。更糟糕的是，天气突变，雷声滚滚，大雨倾盆。他好不容易找到一条路，便顺着路不停地往前走。走了好久，他隐约看到前面有微弱的亮

光。他猜想前面可能有间小屋，这样他就可以借宿一晚，睡个安稳觉了。在微弱的灯光指引下，小王子艰难地来到一座气势恢宏的城堡门前。城门由纯金铸成，上面镶嵌着红宝石，那些为他引路的亮光就是由它们发出的。城墙则由优质的陶瓷砌成，色彩看起来很舒适，上面还绘有许多图画。小王子惊奇地发现，他曾读过的所有故事，都能在墙上找到对应的图画。

　　雨越下越大，他浑身湿透了，没法站在城下仔细观看。他回到黄金门前，看到门上挂着一条钻石锁链，其下方吊着一只鹿角。小王子暗想：这座豪华城堡的主人会是谁呢？

　　"他们难道不怕强盗光临？"小王子自言自语，"这里好像未采取任何防盗措施来保护这些红宝石和钻石锁链。"

　　小王子也没多想，随手拉了一下鹿角，一阵悦耳的银铃声响起，城门打开了。令小王子惊讶不已的是，他看到无数只手悬空举着火炬，整齐地排开。他呆若木鸡地站着，突然感到背后有无数只手，正推着他向前走。小王子紧握宝剑，以备不测。尽管心里忐忑不安，他也只能勇往直前。不久，他进入一间铺着青金石的大厅，看到两人在唱歌，歌声非常甜美：

　　"悬浮在空中的手啊，

　　随时随地为你效劳。

　　若是你要征服爱情，

　　勇敢留下来别焦躁。"

　　听完这首欢迎他到来的颂歌后，小王子的恐惧感荡然无存。他被一只神秘的手牵着，跨过一扇自动打开的珊瑚门，走进一间用珍珠母贝装饰的宽敞大厅。大厅周围有很多房间，里面都有数千盏灯亮着，墙壁上还挂满了精美的图画和饰品，直看得小王子眼花缭乱。

　　随后，那只无形的手牵着小王子，穿过六十间房间后，才停了下来。小王子看到，壁炉边上有一把舒服的扶手椅，炉火烧得正旺。这时，一双美丽、温柔、灵巧的小手脱下小王子身上沾满泥的湿衣服，递给了他一套华丽的新衣服，衣服上还镶着金饰品和绿宝石。他情不自禁地欣赏着眼前的一切，并发出衷心地赞叹。虽然伺候他的那些灵巧的手，会冷不丁地出现，吓他一大跳。

　　此时，眼前的小王子，再也不像站在大雨中拉鹿角的那个落汤鸡的模样了，他已经被打扮得漂漂亮亮的。那双温柔的小手领着他走进一间非常豪华的房间，墙上有许多壁画，画着《穿靴子的猫》和一些名猫的故事。房间中间有一张餐桌和两把椅子，桌上摆着两个金盘子以及金刀叉和金汤匙，餐具柜里摆满了镶着各种宝石的水晶盘和水晶杯。小王子暗想着：另一个位置是留给谁的呢？忽然十二只手拿吉他和其他乐器的猫走了进来，一只站在前面，其余的并排坐在房间的一头。前面那只猫打着拍子，指挥众猫弹奏一种怪异的乐曲。他们边弹边唱，模样非常滑稽可笑。尽管小王子捂着双耳不愿听，但他还是被眼前的这些音乐家逗得开怀大笑。

小王子想：下面会有什么更有趣的事情呢？

这时，门打开了，两个头戴黑斗篷、手执宝剑的猫，走在前面引路，一个戴着黑面纱的小个子猫走在中间，一大群猫紧随其后，他们手中都提着装满老鼠的笼子。

小王子惊讶万分，简直以为在梦中。可是，小个子猫掀开头上的黑面纱，向他走了过来。小王子看到，这是一只世界上最漂亮的白猫，看上去很年轻却很忧伤。白猫温柔地对他说："欢迎你，小王子，猫女王非常高兴见到你。"这声音深深地打动了小王子。

"猫女王，"小王子回答，"非常感谢你的热情款待，我知道，你不是一只普通的猫，你的言谈举止如此优雅，你的城堡如此金碧辉煌，都足以证明这一点。"

"小王子，"白猫说，"我不习惯别人的恭维。既然小王子听不懂那些音乐，就让他们停止演奏吧！好了，我们开始用餐吧！"

　　两道菜被神秘的手端上餐桌，一道是炖鸽子，另一道是油煎肥鼠。看到第二道菜，小王子一下子食欲全无。白猫看出小王子脸色不对，忙安慰他说，放心吃吧，这些菜是厨师特地给他做的，里面并没有老鼠肉。小王子这才放心，相信白猫不会骗自己，便津津有味地吃了起来。突然，小王子发现白猫那只放在桌上的爪子上戴着一只手镯，上面有一幅画像。他凑过去一看，惊讶万分，画像中那个英气逼人的年轻男子，竟然就是他自己！小王子看画像的时候，白猫不停地叹气，显得更加忧伤。小王子怕白猫不高兴，不敢问原因，而是岔开话题谈论其他的事情。小王子发现，无论谈论什么，白猫都非常感兴趣，而且她对外界的一切似乎无所不知。

晚饭过后，白猫领着小王子来到一间装饰得如剧院的房间，观赏了一群猫精心表演的节目后，白猫向小王子道了声"晚安"便离开了。那些无形的手把小王子领进一间房间。房间里的墙壁上挂满了世上珍稀蝴蝶的壁画，还有一面巨大的直达天花板的落地镜。房间中央有一张白色的挂着薄纱蚊帐的床。小王子也不知如何答谢那些伺候他的手，只得默默上床。

第二天清晨，小王子被一阵喧闹声吵醒。那些手立即进来，替他换上猎装。透过窗户，他看到所有的猫整装待发，有的猫牵着猎狗，有的吹着号角，看样子要去打猎。那些手牵过来一匹木马，让小王子骑上去。小王子有些气恼，却无力抗拒。很快，他就发现自己已经骑在了木马上，木马载着他轻快地向前奔跑而去。

白猫骑了一只猴子。这真是一群快乐无比的狩猎者。返回城堡后，白猫和小王子依旧一起共进晚餐。用完餐后，白猫递给了小王子一只水晶高脚杯，里面装着名贵的饮料，小王子毫不犹豫一口喝下。刹那间，小王子什么都不记得了，就连给父王找小狗这么重要的事都忘得一干二净。现在，他只管尽情地与白猫一起玩乐，整日沉浸在幸福之中。

在花样繁多的娱乐中，一年的时光很快就要过去了。小王子完全忘记了和哥哥们的约定，甚至不知道自己到底在哪个国家。可是，白猫清楚地知道，他该回去了。有一天，白猫对小王子说："你知道吗？你的两个哥哥都已经找到非常可爱的小狗了，留给你给父王找小狗的时间只剩下三天了。"

这时，小王子似乎一下子就恢复了记忆，他大喊："我一生的前途都取决于它，我怎么会把这么重要的事情给忘了。如果我在这三天能找到一条使我得到王位的小狗，我又到哪里去找一匹快马，确保在两天内把我送回去呢？"小王子感到非常懊恼。白猫安慰他说："小王子，别再烦恼了。我们是最好的朋友，我理所当然会帮你的。在最后一天，你骑上那匹木马，二十四小时内，它肯定能把你送回你的国家。"

"美丽的白猫，我万分感谢你。"小王子说，"可我到哪里为父王找到一条心爱的小狗呢？我总不能空手回去吧？"

"瞧我的手心，"白猫伸开手掌，将一颗橡果递到小王子的眼前，对他说，"橡果里有一条世界上最漂亮的小狗。"

"啊，亲爱的白猫，"小王子说，"别再开玩笑了，我都快急死了。"

"不信你听。"白猫把橡果贴在他的耳旁说。一个微弱的"汪汪"声从橡果里传了出来。

小王子非常高兴，觉得这恐怕是世界上最小的狗了，居然能藏在橡果里，太神奇了，父王见了一定非常喜欢。他想打开橡果，看一下小狗。白猫制止他说，路途太远，天气又冷，为避免小狗在路上挨冻，让他最好在父王面前把橡果打开。小王子连连点头称是，再三向白猫表达了感激之情。是时候回国了，他旋即向白猫道别。

"我很珍惜和你在一起的日子。时间过得太快了，如果你愿意，我希望能带你一起走。"小王子说。

白猫长叹了一口气，摇了摇头，没有吱声。

小王子只好跨上木马，独自踏上归程。小王子第一个到达了和哥哥约定的城堡，他们随后也陆续赶到。令他们惊讶的是，小王子骑的那匹木马，竟然像猫一样在院子里乱蹦乱跳。

小王子高兴地上前迎接两个哥哥。简单寒暄后，他们便眉飞色舞地向小王子讲述自己的经历。小王子刻意隐瞒了自己的经历，还让哥哥们以为，他要献给国王的狗，就是院子里的那条转圈的狗。虽然三兄弟互敬互爱，但两个哥哥听了他的话后，心里暗自高兴，对自己挑选的狗被国王相中更有信心了。

　　第二天，三兄弟同乘一辆马车前往王宫。两个哥哥篮子里的两条小狗，非常乖巧，不过有点弱不禁风，以至他们几乎不敢去碰它们。小王子的那条转圈的狗，则一直跟在马车后面跑着，弄得浑身沾满了泥巴，脏兮兮的，几乎看不出它长什么样子了。

　　王子们刚来到王宫大殿，众人立即围拢上来迎接。两个哥哥从篮子里，小心翼翼地抱出他们精心挑选的小狗，放在地毯上。两条小狗非常可爱，都很听话，简直不分伯仲，众人无法分辨哪条更好。见此情景，两个哥哥自以为胜券在握，他们便私下商量，怎么平分王国。

　　小王子不动声色，径直来到大厅中央，从口袋里掏出白猫给他的橡果，快速地打开。一条白色的小狗从里面跳了出来，在白色的地毯上不停地跑。它是那么瘦小，小到能轻松穿过戒指。恐怕再也没有什么狗，比这个小东西更可爱了。

　　国王一时不知如何评价才好。再说，他压根儿就不想交出王位。沉默了一会儿后，国王对儿子们说，他们这件事办得很成功，但必须再出去一趟，遍访陆地和海洋，去寻找一种极薄、极细密的纱，它能穿过针眼。

　　在外漂泊了一年，三兄弟都不愿再出去了。可随后，两个哥哥同意了，毕竟这又给了他们一次重获王位继承权的机会。像上次一样，他们出发了。

　　小王子又骑上了他的木马，直奔白猫的城堡，恨不得立即见到她。城堡里的每一扇门都敞开着，所有的塔楼和窗户都射出耀眼的光芒，看起来比以前更加壮观，更加辉煌。看到小王子归来了，那些手立即迎了上来，并把木马牵进了马厩。而此时，那只白猫正躺在一个篮子里睡觉，身下铺着洁白的绸缎垫子。听到小王子的声音，她立刻就醒了，起身迎接他。能再次见到小王子，她简直欣喜若狂。

"王子，你又回来啦，我简直不敢相信自己的眼睛。"白猫说。

小王子亲切地抚摸着她，得意地讲述了自己获胜的经过，并告诉她，这次回来想求白猫再次帮助自己。他说单凭自己，绝对不可能找到那样的薄纱。白猫极有耐心地听着。白猫说，考虑一下再回复他。城堡里有几位技艺高超的织布匠，要是连他们也无能为力，她相信世界上无人能织出那样的薄纱。白猫说，她要亲自安排这件事才行。

随后，那些手擎着火炬出现了，领他们来到一条长廊。在这里，他们俯瞰着不远处的河流，透过窗口，又可以欣赏到五光十色的焰火。接着，他们又一起共进晚餐。天色已晚，加上长途跋涉，小王子的肚子早就饿得咕咕叫，比起美丽的焰火，小王子更喜欢晚餐。

幸福的日子总是过得飞快。和白猫相处的日子，小王子从不曾感到烦闷。白猫聪明过人，总能别出心裁地想出新奇的娱乐方法来。对于白猫的聪明，小王子十分疑惑，他多次询问原因，可白猫总是拒绝回答："小王子，别问我这种问题，随你怎么猜，反正我都不会回答。"

小王子过得那么快活，早就忘记了时间。有一天，白猫对他说，一年的时间就要到了。不过，她让小王子别担心，因为那块薄纱早就织好了。

"这次，"白猫说，"我会派遣与你身份般配的护卫队送你回去。"小王子向窗外望去，只见院子里停着一辆光彩夺目的黄金马车，车身装饰有上千种艳丽的图案。拉马车的马多达十二匹，分三排，每排四匹，这些马浑身雪白，身上披着通红如火的天鹅绒，边上还镶嵌着许多钻石。马车后面有一百辆战车，每辆战车由八匹马拉着，车上坐着一名全副武装的军官。战车后面，还跟着一千名士兵。

"出发吧！"白猫说，"这种阵势有助于你获得王位。带上这颗核桃，里面有你想要的薄纱，记住，要到父王面前才能打开它。"

"亲爱的白猫，"小王子说，"你对我太好了，可我却无以为报。如果你愿意，我宁愿放弃一切，哪怕是王位，只愿留下来永远地陪你。"

"小王子，"白猫回答，"你的好意我心领了，我只是一只会抓老鼠的小猫，你能真心地爱护我，足见你是一个心地善良的人，但你必须回去完成心愿。"

小王子亲吻白猫的小手后，便出发了。这次回去的速度飞快，只用了上次骑木马一半的时间就抵达王宫。因时间仓促，小王子没有前去城堡与两个哥哥会合。他们以为小王子不会回来了，正沾沾自喜呢。他们信心十足地在父王面前展示各自的薄纱，自认为胜券在握。不得不说，他们的薄纱很精细，轻松地穿过了特大号针眼。可父王显然并不满意，他命人从王冠的宝石中取下一枚针，它十分纤细，针眼极小，不用说，两个哥哥的薄纱自然无法穿过去。

两个哥哥面面相觑，抱怨说，这就是一场骗局。这时，一阵号角声响起，小王子走进大厅。他的气派震惊了所有人，尤其是他的父王和两个哥哥。他向众人深鞠一躬，以示敬意，然后掏出一个核桃，小心地打开，期望能看到一片薄纱。可里面只有一颗榛子，除此之外什么也没有。小王子有些失望，打开榛子，里面只有一颗核桃。众人大眼瞪小眼，惊奇地看着。国王摇了摇头，脸上露出得意的笑容。

小王子也有些惶恐了，继续把核桃仁打开，里面是一粒麦子，麦子里面是一粒小米种子。此时，小王子心里更慌了，心里嘀咕着："白猫！白猫！千万别和我开玩笑。"

这时，小王子猛地感到有只猫爪在抓他的手，像是一种无形的鼓励。他立即捏碎小米种子，这次总算没再令他失望，里面果然有一块薄纱。他取出薄纱展开，足有三米长，色彩无比绚丽，图案更是精彩绝伦。小王子接过那枚小针，轻而易举地用薄纱在针眼中穿行了六个来回。父王的脸瞬间变得煞白，两个哥哥也惊呆了，都沮丧地站着，好半天默不作声。无可否认，这是世上绝无仅有的薄纱。

好半天，父王才缓过神来。他长叹了一口气，对三个王子说："我年岁已高，很清楚你们都竭尽全力，无怨无悔地去完成我的心愿，我很欣慰。但你们还要出去一趟，在年底之前每人带一个公主回来。谁带回来的公主最美丽，谁就和她立即举行婚礼，并进行加冕典礼。我认为我的继承人必须先成家。"

小王子已经两次公平地胜出了，理应得到王位的继承权，可两次父王都反悔了。他十分有涵养，除了暗自在心底苦笑外，没有流露出丝毫不满。在随从的护卫下，他回到了自己威武雄壮的战车队伍中，以来时更快的速度，回到白猫的身边。

这次，返回的道路两旁百花齐放，上千只火盆里的香木烧得正旺，空气中弥漫着香木的芬芳。白猫坐在长廊里，望着窗外，等候小王子的归来。

"啊，小王子！"白猫说，"你又回来啦，怎么还没有得到王冠呢？"

"白猫，"小王子说，"在你的鼎力帮助下，我已经两次胜出，理应赢得王冠，可父王并不是真的想放弃王位。因此，就算是拿到了王冠，我也不会高兴的。"

"没关系，"白猫回答，"有机会证明你的能力，也很好！这一回，你要带回一个美丽的公主，我得好好给你物色一个。暂时别管这些了，让我们尽情玩耍吧。今晚，我特地安排

了一场猫和河鼠进行的决斗，让你开开心。"

　　这一年比前两年过得更快、更开心。有时候，小王子会忍不住问白猫，为什么她会说话？

　　"难道你是仙女？"小王子说，"或者是哪个巫师把你变成了猫？"

　　可是，白猫从来没有正面回答过他。幸福的日子过得飞快，可以肯定的是，小王子又忘记了回去复命的时间了。一天晚上，他们坐在一起闲聊时，白猫突然说，如果明天他想带一个可爱的公主回家，就必须要照她的话去做。

　　白猫说："用这把剑把我的头砍下！"

"什么？"小王子惊叫起来，"亲爱的白猫，我怎么忍心那么做呢？"

"你一定要按照我的话去做，小王子。"白猫坚定地回答。

小王子泪流满面，恳求白猫，别让他做伤害自己的好友这么残忍的事。可是无论他怎样央求，白猫坚持要他这么做。小王子万般无奈下，举起宝剑照做了。

小王子闭上双眼不忍看眼前的惨景。令他万万没有想到的是，一个美若天仙的公主出现在了他的面前，她轻声地喊小王子。小王子睁开双眼，惊愕和欣喜之情简直难以言表，一时手足无措，半天说不出一句话来。

这时，房门打开了，一大群手中拿着一张猫皮的骑士和贵夫人走了进来。他们兴奋地围住公主，激动地亲吻她的手，恭贺她恢复了原形。公主欣然接受了他们的祝福。几分钟后，她请求大家先离开，让她和小王子单独聊一会儿。

"小王子，你猜得很对，我不是一只普通的猫。我父亲主宰着六个王国，并且深深地爱着我的母亲。我母亲爱好旅行和探险。刚生下我几个星期，她就得到了父亲的允许，带着许多随从，去游览一座大山。因为那里有很多匪夷所思的传说。

"路上，她们经过一座从未有人进去过的古堡，它由仙女管辖。母亲早就听说，仙女的果园里有许多奇珍异宝，更有世间少有的仙果。她特别想品尝那些仙果，便率领众人向城堡走去。

"城门上不停地闪耀着刺眼的光芒，那是门上的金钉和镶嵌的宝石发出的。来到门口，随从使劲地敲门，响声震耳欲聋，可是里面无人前来开门。母亲急了，便命人架云梯，欲爬上城墙。可是，梯子明显短了，即便爬上顶端，也够不着墙头。

"母亲非常失望。这时夜幕降临了，她命令就地安营扎寨。她躺下后，像生了一场大病，沮丧极了。突然，她在半夜里惊醒，看到一个又小又丑的老仙女正坐在她的床边。

"老仙女说，'王后陛下，要想吃我们的仙果，可不是一件容易的事。当然，即便再难，我们也能满足你的愿望，我们姐妹商量送你一些仙果，你能拿走多少，就拿多少。不过，有个条件，必须把你的小女儿送给我们做养女。'

"母亲回答，'能拿别的东西交换吗？哪怕将王国送给你们。'

"'不！'老仙女回答，'除了你的小女儿，我们什么也不要。你放心，在仙境里，她会得到她想要的一切，并永远不会烦恼。在她结婚之日，你就会见到她。'

"'这个条件太苛刻了！'母亲说，'可是，如果我会死去，我答应你们的条件，把小女儿送到这里来。'

"说完后，老仙女把母亲领进了城堡。虽然是在半夜，她还是清楚地看到，城堡比传说中要美得多。

"小王子，当我告诉你，它就是我们现在居住的这个城堡时，对这一点，你就应该不会再怀疑了。

"'王后，是你亲自去摘这些水果，还是我让它们自己过来？'老仙女说。

"'我想看看这些水果在听到你的召唤后，是如何自己走过来的？'母亲说，'那可真是一件稀罕事。'

"只见老仙女吹了两下口哨，然后喊道，'桃子、杏子、油桃、樱桃、洋李、梨子、西瓜、葡萄、苹果、橘子、柠檬、草莓、山莓，都过来吧！'

"话音刚落，这些水果一个接着一个都跌跌撞撞地滚过来，非常干净，而且完好无损。这些水果毕竟是仙树上长出来的，果然味道鲜美，的确名副其实。

"老仙女给了母亲一个金篮子，让她把这些仙果带回去。可是，仙果太多了，足足用了四百头骡子来驮运。接着，老仙女再三提醒母亲，回去后立即把小女儿送来。

"第二天清晨，母亲便返回了王宫。可是还没有走多远，她就后悔当初答应老仙女的条件了。父王出来迎接她时，看到她非常憔悴，忙问她出了什么事。起初，母亲不敢告诉他。可是，刚回到王宫不久，老仙女就派了五个可怕的小矮人来抱我，母亲只好告诉父王她对老仙女的承诺。父王暴跳如雷，立即命人把母亲和我关进了一个高塔里，派重兵严密看守起来，同时，派人把小矮人赶出了王国。

"仙女们也不是好惹的，她们随后派来一条可怕的巨龙，它能喷出恐怖的火焰，把所到之处变成一片灰烬。父王实在拿它没有办法，为保护臣民，他不得不同意交出我。随后，仙女们乘坐着一辆由八匹马拉着的珍珠战车，后面跟着用钻石锁链拴着的一条巨龙，亲自来接我。她们小心翼翼地把我放进了摇篮，然后把摇篮放在马车中间，驾着马车，凌空飞到这座仙女们专门为我建造的塔楼里。

　　"我就是在塔楼里长大的。周围的一切都是稀世珍宝，十分美好。在这里，我接受了一个公主应该接受的全部教育。不过，我的朋友很少，仅有一只会说话的鹦鹉和一条乖巧的小狗。此外，每天都有一个仙女骑着龙来看我。

　　"有一天，我坐在窗前，看到一个年轻英俊的王子，在塔楼附近的森林里打猎。当我们四目相对时，他极有礼貌地向我敬礼。啊，想象一下，突然有个陌生男人和我说话，我多开心！尽管那座塔很高，但我们还是一直聊到了天黑，王子才恋恋不舍地和我道别。

　　"从那以后，他又来找过我多次，直到我同意嫁给他。可是，我如何才能从塔楼里逃出去呢？那时候，仙女们总是给我许多亚麻，让我纺成纱。我日夜纺纱，终于把亚麻编成了一根长绳，足以从塔楼的窗口顺到地下。于是，一天晚上，在王子的协助下，我顺着绳子往下爬。刚到地面，不曾想，那个最坏最丑的老仙女赶到了。王子还没来得及拔剑，就被随她而来的那条巨龙打败了。

"仙女们把我绑在塔楼里，原本想将我嫁给矮人国的国王。可我坚决不同意，她们恼羞成怒，就把我带到了这里，并把我变成一只白猫。在这里，我发现父王王宫的官员、侍卫和侍女，正在这里毕恭毕敬地等我到来。不过，他们也被仙女们施了魔法，全变成了猫。而那些奴仆们，则全被隐去了身体，只能可以看见双手。

"我被变成白猫后，仙女们才把我的身世如实告诉我。此前，我一直相信我是她们的孩子。仙女们告诉我，如果想恢复原形，唯一的机会，就是得到王子的真爱，而且无论从哪个方面看，他必须要像我那个惨遭不幸的恋人。

"你的声音、相貌以及所有的一切，与他十分相似，"公主继续说，"如果你真的爱我，那么我的所有苦难从此结束。"

"嫁给我吧，也让我的烦恼到此为止。"小王子跪在公主的脚下说。

"我爱你已胜过爱我自己了。"公主说，"不过现在，你应该回到父王那里。我们一起回去看看，他又会说什么。"

小王子牵着她的玉手一起出门，登上了马车。这次的马车比上次的还要奢华，护送的队伍比上次更壮观。更神奇的是，所有的马蹄套的是红宝石马掌，用钻石钉子钉着。这种稀奇的事，许多人这辈子也是头一次看到。

小王子聪明英俊，公主美丽善良，一路上，他们快乐地交谈着。公主一直在说着她离奇的经历，小王子听得如痴如醉。

来到三个王子约好会面的城堡后，公主登上一顶晶莹剔透的水晶轿子，由四个卫兵抬着。轿子四面都被光滑密实的丝绸裹着，拉上轿帘，外面的人看不见轿中的一切。

小王子看见两个哥哥各自挽着一个美丽的公主，在城堡的阳台上散步。他们热情地迎接小王子的到来，问他是不是也找到了自己的意中人。小王子摇着头说，他找到了一只世上罕见的白猫！两个哥哥听了笑得喘不过气来，说他是不是担心王宫里的老鼠多，把他吃了。随后，他们一起前往王宫。两个哥哥带着自己的心上人，各自乘坐一辆华丽的马车，他们的马匹都用羽毛装饰着，马身上还有许多纯金饰品，在阳光下闪闪发光。小王子的马车紧随其后，公主的水晶轿子跟在最后。看到那顶水晶轿子，众人无不惊讶地仔细打量。看到三个王子回来了，大臣们赶紧向国王通报。

"那些公主漂亮吗？"国王急切地问。

"谁也没见过那么美丽的公主。"大臣们说。国王听后，似乎并不高兴。

尽管如此，国王还是很热情地接见了他们。国王发现，两个王子带来的公主都非常漂亮，很难分出高下。

国王转身问小王子："你是一个人回来的吗？"

"父王，"小王子回答，"水晶轿子里有一只温柔的白猫，她的叫声非常悦耳动听，我想你肯定会喜欢她的。"

国王微笑着走了过去，想亲自拉开水晶轿子的轿帘。他刚到轿子前，公主在里面碰了一下轿子，水晶轿子立即裂成了碎片。这时，一个头上戴着花冠的美貌绝伦的公主出现在大家面前，她满头的秀发如瀑布倾泻而下，轻盈的长裙洁白如雪。她十分优雅地问候国王，四周立刻响起了热烈的掌声和赞美声。

"陛下，"公主说，"您是一个非常称职的国王，我来不是为了抢夺您的王位，而是送给您几个王国。我手下有六个王国，如果您不介意，请允许我把一个给您，两个分给您的两个儿子，剩下三个是属于我和您小儿子的。如果您能同意我和您的小儿子成婚，并能得到您的祝福，那将是我最大的心愿。"

国王和所有的大臣都激动不已，为三个王子举行了隆重的婚礼，庆祝活动一直持续了好几个月。随后，三个新国王带着各自的王后，前往自己的王国，从此过着美满幸福的生活。

睡莲姑娘

很久以前，在一座茂密的大森林里，住着一个老巫婆和三姐妹。三姐妹都是大美人，不过最美的，当属小妹妹。她们居住的小木屋就在森林深处，谁也不曾来过。三姐妹一直待在小木屋里，也从未出去过，因而除了天上的太阳、月亮和星星外，谁也不曾见过她们美丽的容颜。老巫婆可歹毒了，每天给三姐妹安排干不完的活，片刻也不让她们休息。每天天一亮，她们就得干活，夜很深了，才能上床睡觉，所做的事只有一件，就是把金麻纺成金线。一团纺完，老巫婆立刻会拿来另一团金麻。而且，她还要求严格，纺成的金线，既要结实耐用，又要粗细匀称。老巫婆把纺好的金线藏进一间密室。每年夏天，她要去外边集市一趟。出去前，她安排好三姐妹每天要干的活。她返回时，总是在深夜。三姐妹都不知她带回了什么，她也从不告诉三姐妹，这些金麻是怎么来的，纺成的金线有什么用处。

这天，她又要出门了，给三姐妹安排了六天的活，并叮嘱她们："孩子们，干活时别三心二意，更不要同陌生男子说话。如果你们不听话，你们纺的金线就会失去光泽，各种灾难就会降临在你们身上。"对于她的忠告，三姐妹一笑置之，并打趣地说："纺出的金线怎么会失去光泽呢？同男人说话更不可能了，谁会到我们这儿来？"

老巫婆走后的第三天，一个年轻英俊的王子到森林里打猎，与随行的同伴走散迷了路。王子在森林里转了大半天，也没有找到路。他早已精疲力竭，让马在一旁吃草，自己则斜倚在一棵大树下睡觉。

醒来时，已是黄昏，他又尝试寻找出去的路。后来，看到一条羊肠小道，便沿着小道向前走。最后，来到一座小木屋的门前，看到三个姑娘坐在门前纳凉。两个姐姐看到陌生男子，记起了老巫婆的叮嘱，立即谨慎起来，可小妹妹却满不在乎地说："我想看看他长什么模样。"两个姐姐叫她不要理会

陌生男子，可她不听，只好随她。王子上前，彬彬有礼地向她打招呼，说他迷了路，如今又饿又渴。她立即给王子端来食物和水，同他聊了起来。她们聊得很投入，早把老巫婆的叮嘱忘得一干二净。与此同时，王子的随从正在四处找他，可哪里有王子的踪影。他们立即派两人回去禀报国王王子失踪之事。国王听后，立刻派一个骑兵大队和一个步兵大队，前往森林寻找王子。

三天后，他们找到了这座小木屋。王子依旧坐在门前同那位姑娘说话。他非常快乐，一点儿也不为迷路着急。这三天对他来说，就像是过去了一个小时。唉，快乐的时光总是过得飞快！临别时，王子信誓旦旦地对姑娘说，他回去会说服父王，同意他娶姑娘为妻。王子走后，姑娘抓紧时间纺线，想把落下的活加班加点地干完。可是，她却发现，她纺的金线果然暗淡无光，心里十分害怕。这时，她想起了老巫婆的叮嘱，开始担心有什么灾难将降临在自己身上。她心神不定，独自哭了起来。

当天夜里，老巫婆赶了回来，看到失去光泽的金线，她立即明白发生了什么事情。她怒火中烧，恶狠狠地冲姑娘吼道，说她将给自己和王子带来灾难。老巫婆恶毒的话不停地在姑娘耳边萦绕，让她备受折磨。后来，她再也忍受不住了，决定向王子求助。

小时候，姑娘学过鸟语，能与鸟儿顺畅地交流。此时，这项本领有了用武之地了。她看到门前的一棵大树上栖息着一只乌鸦，正在梳理羽毛，就亲切地同它打招呼："可爱的小鸟，你那么聪明，又飞得那么快，你愿意帮我的忙吗？"

"要我为你做什么呢？"乌鸦问道。

"你一直往东飞，直至飞到一座繁华的城市，那里有一座富丽堂皇的王宫。你到王宫里找王子，告诉他灾难即将降临在我的身上，请求他速来救我。"随后，她一五一十地把事情的经过说了一遍。她纺的金线变得暗淡无光了，老巫婆暴跳如雷，说她将大难临头。乌鸦听后，答应了她，立即振翅向东飞去。姑娘返回屋里，老巫婆不再安排她纺线了，让她协助两个姐姐把纺好的金线缠成线团。整整一天，她都忙着干活。傍晚时分，她听到门前的松树上传来乌鸦的叫声，她急忙奔了出去，迫切地想知道乌鸦带回了什么消息。

乌鸦飞到王宫后，幸运地碰到了风巫师的儿子，他也懂鸟语。乌鸦向他讲了姑娘的事情，让他转告王子。王子得知消息后，非常悲痛，连忙找来大臣和朋友，协商怎样解救姑娘。定好计策后，王子让风巫师的儿子转告乌鸦，让它赶紧飞回去告诉姑娘，在第九天的夜晚，他会亲自来迎接姑娘。风巫师的儿子将王子的话原原本本对乌鸦说了一遍。乌鸦听后，连夜飞回到小木屋，向姑娘转达了王子的话。姑娘向乌鸦深鞠一躬，以表示对它的感谢。回到屋里，她没有透露这件事。

第九天夜晚即将到来，她变得忐忑不安，唯恐发生不测，毁掉即将到来的幸福。天完全黑了后，她悄悄溜了出来，战战兢兢地来到与王子约定的地方。没多久，王子就带着一队人马赶了过来。为了避免迷路，他们沿途在路两旁的树上做好标记。看到姑娘后，王子欣喜地迎了上去，立即下马将她抱上自己的马背，然后上马坐在她的身后。坐稳后，他立即策马扬鞭，向王宫奔去。这晚，月明星稀，沿途的标记看得清清楚楚。东方泛白时分，林中的鸟儿争先唱了起来。唉，要是王子能听懂鸟语，或是姑娘能仔细倾听，那么他们就不会遭遇日后的诸多磨难了。可惜的是，一路上，他俩沉浸在重逢的喜悦中，哪儿有心思去理会鸟儿的提醒。他们一行走出森林时，太阳已高高挂在空中。

第二天早晨，老巫婆发现姑娘没来干活，便质问她的两个姐姐，问她去了哪里。两个姐姐假装吓得要死，说不知道妹妹去了哪里。她不再多问，掐指一算，便知道昨晚发生了什么，姑娘现在在何处。她下决心，要严惩逃跑者。她取出常用的九种天仙子叶子，加上施有魔法的盐，用布包将它们裹成一团，很蓬松，然后唤来一阵风，让风载着布包，去追赶姑娘。她嘴里不停地念着咒语：

"狂风啊狂风，你是风的母亲，

请你帮助我去宣判她的罪行！

请带上这个严惩不忠的魔球，

让叛逆者从此远离爱人怀抱，

葬身湍急的河流不再有音信。"

正午的时候，王子带着队伍来到河边，河水很深，而且湍急。河上只有一座很窄的小桥，每次只能一匹马通过。王子和姑娘的马刚到桥中间，突然，一个布包从身后呼啸而至。那是老巫婆的魔球。马陡然受惊，前蹄腾空而起，直立了起来，一下子把姑娘甩到了桥下，瞬间葬身于波涛汹涌的河水中，再也不见踪影。王子勒住马，想立即跳下河去寻找姑娘，但被手下人紧紧抱住。尽管他拼尽全力，也无法挣脱，被押送回宫。

王子伤心欲绝，整日将自己关在一间密室里，茶不思，饭

不想，傻呆呆地坐着，一连坐了六个星期。他病倒了，生命垂危。国王慌了神，急召全国的巫师来为王子看病，可是，无人能治好他的病。最后，风巫师的儿子建议国王立即去请芬兰的老巫师，说他学富五车，通晓古今，全国的巫师加在一起，他们的学识也比不过他。

国王立即派人去芬兰请老巫师。一周后，老巫师乘风而至。他说是风把一个魔球吹到了王子的身边，魔球中带有大量病魔，这些病魔附在了王子身上。此外，这个魔球还夺走了王子的心上人，所以王子悲痛欲绝。他让王子站在大风中，让风吹走附在身上的病魔，吹走心头的悲痛，这样王子就能渐渐恢复健康。王子康复后，他立即向国王陈述了事情的经过。国王安慰他说："人死不能复生，忘了那个姑娘吧！你应该再找一个姑娘。"可是，王子摇了摇头，说他的心只属于那个姑娘，再也装不下其他的人。

一年后，王子再次来到那座小桥。站在桥上，忆起沉痛的往事，他泪如雨下。他想：如果能让心上人死而复生，哪怕放弃王位和一切财富，他也在所不惜。正独自哀伤时，忽然他听到一阵歌声。他急忙四处张望，却没有看到一个人。过了一会儿，歌声又响了起来：

　　"我的命运是多么可悲，
　　中了邪魔又惨遭抛弃！
　　难道我从此长眠此地，
　　永远也不能重见天日。
　　托付一生的亲密爱人，
　　要救我怎能姗姗来迟。"

王子惊讶不已，以为人就藏在桥下，连忙跳下马去寻找，可桥下空无一人。不过，他注意到，水面上有一朵黄色的睡莲在随波荡漾，宽大的叶片将它的花瓣遮住了大半。难道是睡莲，可花怎么能唱歌呢？他目不转睛地盯着水面，希望能再次听到歌声。没多久，歌声再次响起：

> "我的命运是多么可悲，
> 中了邪魔又惨遭抛弃！
> 难道我从此长眠此地，
> 永远也不能重见天日。
> 托付一生的亲密爱人，
> 要救我怎能姗姗来迟。"

这时，他忽然想起林中小木屋里还有两个纺金线的姑娘，他喃喃自语："我要去找她们，也许她们能解开我的疑惑。"想到这里，他飞身上马，直奔那幢小木屋。王子远远看到她们坐在泉水边聊天，便兴冲冲地来到她们身边，向她们诉说了她们的小妹一年前的不幸遭遇，并把他在小桥上，两次听到歌声，却不见其人的怪事说了一遍。两个姑娘告诉他，小妹妹并没有死，黄色睡莲就是她。魔球对她施了魔法，将她变成了睡莲。晚上睡觉前，大姐姐做了一块蛋糕，是用带有魔力的香草做的，吃后，就能听懂鸟语了。王子吃了后，当晚就梦到听鸟儿们说话。第二天，他把这个梦告诉了两个姑娘。她们说，魔力蛋糕发挥了功效，但愿他多听鸟语，能给他许多有益的暗示。她们还恳求王子，搭救小妹妹后，再来救她们，她们再也不愿忍受老巫婆的奴役了。

王子欣然应诺了，兴高采烈地骑上马前往那座小桥。穿过树林时，他听到鸟儿们在枝头欢快地交谈。其中一只画眉与一只喜鹊的对话吸引了他。

画眉说："男人们都笨死了！他们自以为聪明，其实啥也不懂。那个可怜的姑娘变成睡莲，已有一年时间了，她的歌声那么凄凉，许多从桥上路过的人都听到了，竟然无人去帮她。几天前，她的心上人来到桥上，也听到了她的歌声，可他一样愚蠢至极。"

喜鹊说："所有的灾难都是他一手造成的。要是他只在意人类的对话，那么他的心上人永远只能做花朵了。要是他把这件事告诉给芬兰老巫师，他就有办法把姑娘解救出来。"

听了喜鹊的话后，王子开始着急如何给老巫师送信。这时，他听到一对燕子的谈话，说他们将一起去芬兰，在那里安家筑窝。

王子高声对燕子说："亲爱的朋友，打扰一下，你们能帮我捎个话吗？"燕子很热情，当即答应了。

王子说："麻烦你替我向老巫师表达敬意，代我虔诚地询问他，如何才能把变成一朵花的姑娘重新变回来。"燕子向芬兰飞去后，王子继续赶路。来到小桥边，王子勒紧缰绳，耐心地等候歌声响起。可是，他只听到哗啦啦的流水声和呜呜的风声。等了好久，歌声也没有响起，他只好垂头丧气地回家了。

一天，王子坐在花园里想，是不是燕子忘记了给他带话了。这时，一只老鹰掠过他的头顶，栖息在他身旁的一棵大树上。它对王子说："芬兰老巫师托我问候你，并让我转告你询问他的方法，你先去河边，用淤泥涂遍全身，然后说，'由人变成螃蟹'，你随后就变成了一只螃蟹。接着，你要勇敢地跳进湍急的河水中，游到那朵睡莲的根部，扒开缚在她根部的淤泥和水草，用钳子拔出根，浮出水面，让河水冲洗睡莲的根部。之后，你顺流而下，就会看到，在下游不远处的左岸有一棵山岑树。你带着睡莲，爬到树下的一块大石头上，口念'由螃蟹变回人，由睡莲变回人'，这样，你和心上人就都恢复了原形。"

对于老鹰的话，王子难以完全相信，毕竟面对汹涌的河水，多少有些害怕。他犹豫了一会儿，终于鼓起勇气，下定决心去救心上人。这时，一只乌鸦飞了过来，见他磨磨蹭蹭的，冲他嚷道："什么时候了，还犹豫不决？老巫师的办法很有效，所有的鸟儿都没有骗你，快去解救那位姑娘吧，别让她再哭泣了。"

王子想：也许我即将死去，这是多么可怕啊！可是，相对于永无止境的悲痛，死亡又有什么可怕。想到这里，他立即跨上马背，策马扬鞭，直奔那座窄桥。来到桥边，他再次听到睡莲的歌声，如泣如诉，那么哀伤。他片刻也不犹豫，立即在河边淤泥里打滚，直至浑身是泥，念道："由人变成螃蟹。"变成螃蟹后，他立即跳入水中，河水在他耳旁发出哗啦啦的声响，随后什么也听不见了。他游向睡莲根部，开始清理缚在睡莲根上的淤泥和水草。花费了好长时间，费了好大的劲，他才用钳子把睡莲拔了出来，旋即浮出水面，借助河水冲洗睡莲，并顺流直下。可是哪儿有山岑树呀，他着急起来。还好，他不久在一块大岩石旁看到了它。他爬到岩石上，口中念道："由螃蟹变成人，由睡莲变成人。"眨眼间，他变回了王子，睡莲变成了他的心上人。姑娘一袭淡黄色长裙，裙子上镶有许多宝

石，闪闪发光。相比一年前，她更加美丽了，简直要美上十倍。姑娘非常感激王子，把自己从老巫婆的魔掌中解救出来，并表示很乐意做他的新娘。

他们来到桥边，发现马不见了。王子以为他变成螃蟹，离开这儿不过几个小时，殊不知，他待在水里已经十多天了。正当他们不知如何回宫时，恰好一辆马车缓缓驶了过来。马车十分奢华，由六匹马拉着，马也都身披彩绸。他们坐上马车，很快回到宫中。国王和王后正为儿子失踪急得团团转，这几天一直没有他的下落，以为他死了而伤心不已。看到儿子带着一位美丽的姑娘平安归来，他们又惊又喜，当即为他们举行了隆重的婚礼。举国欢庆，盛宴连连，一连庆祝了六个星期。

婚后的一天，王子和新娘在花园里散步时，一只乌鸦飞到他们面前，怒斥他们说："好一对忘恩负义的家伙！你们这么快就忘了，在你们受苦受难时，帮助你们的那两个姐姐了吗？

你们要让她们一直在那儿纺金麻吗？三位姑娘都是公主，在她们小的时候，就被老巫婆偷偷抱走，囚禁在小木屋里，她还随手偷走所有的金银珠宝，将它们变成金麻。你们要让她早日受到惩罚。"

王子对自己没有信守承诺感到羞愧，他立即带领人马前往那幢小木屋。到达那里时，老巫婆刚好出去了。两位姑娘早梦到王子要来，已将一切备妥了，随时可以跟他离开。临走前，她们将事先做好的蛋糕摆在桌子中间，老巫婆回来一眼就能看到。蛋糕看起来非常香甜可口，可里面放了毒药。不久，她就回来了，看到香喷喷的蛋糕，毫不犹豫地、津津有味地将它吃了个精光。还在回味时，毒性发作，她就一命呜呼了。

他们在老巫婆的密室里找到大量的金麻，足够装上五十辆马车。此外，他们还在地下发掘出更多的金麻。随后，他们将小木屋烧毁。从此，王子和姑娘及她的两个姐姐，过上了幸福的生活。

雪白和玫瑰红

　　很久以前，有个寡妇和两个女儿住在一间茅草屋里。屋前有一个小庭院，种着两株玫瑰，一株开的花是白色的，另一株则是红色的。她的两个女儿，正好像这两株玫瑰，因而她分别为两个女儿取名为雪白和玫瑰红。她们称得上是世界上最乖巧、最勤劳、最讨人喜欢的女孩子了。雪白像她的名字一样，文静、腼腆，喜欢陪着妈妈待在家里做家务，或读书给妈妈听。玫瑰红呢，则热情奔放，喜欢在田野里、草地上四处玩耍，或奔跑，或摘花，或捉蝴蝶，一刻也不想停下来。

　　两个女儿从不吵嘴，每次出去，都手牵着手。雪白说："我今生今世不会离开你。"玫瑰红回答："我这辈子陪在你身边。"妈妈教导说："无论有什么快乐，你们都要一起分享。"她们常常结伴到森林里去采浆果。野兽们从不吓唬这对可爱的姐妹，相反，还很温顺地听她们的话，调皮的小野兔会兴高采烈地跑过来，吃她们手中的卷心菜；小鹿会走到她们脚边吃草；牡鹿会在她们身边跳来蹦去；鸟儿会在她们床头不停地欢歌。

在森林里，她们从未遭遇危害。要是她们在森林里玩得太晚了，就索性躺在草地上睡觉，一直睡到第二天天亮。妈妈可从不担心她们的安全。有一次，她们在森林里玩到很晚，就在草地上睡了一觉，直至第二天阳光暖洋洋地照在身上，她们才醒过来。这时，她们看到一个小男孩，友好地站在她们身旁，盯了她们许久，却一句话也没有说，转身消失在密林里。她们环顾四周，惊恐地发现，如果昨天夜里，她们再往前走几步，就会掉进深不见底的悬崖，原来她们在悬崖边睡了一晚。她们回去后，立即把这件事告诉了妈妈，妈妈说她们遇到了传说中专门保护孩子的天使了。

母女三人居住的小茅屋虽说简陋，却被姐妹俩收拾得非常整洁，无论谁看到，都会觉得很温馨舒适。夏天，房间由玫瑰红整理，每天天一亮，劳累的妈妈还在睡梦中时，她就早早起床，来到院子里，摘一束花，插在妈妈的床头。冬天呢，由雪白整理房间，她会往炉子里添好柴，使炉火烧得旺旺的，让屋里暖烘烘的，一点儿也不觉得冷，她在炉子上放上擦得雪亮的黄铜水壶。晚上，雪花飞舞，妈妈就会让雪白关紧窗户，然后一家三口围在火炉旁，妈妈会戴上老花镜，捧着一本书大声朗读，两个女儿依偎在她身旁，一边安静地听，一边纺着纱。在她们身旁，趴着一只小羊羔，身后的桌子上，站着一只小白鸽，将头埋在翅膀里。

有一天夜里，母女三人像往常一样围在火炉旁。突然，门外传来急促的敲门声。妈妈说："玫瑰红，快去把门打开，路人可能冻坏了，想进屋取暖，休息一晚。"玫瑰红忙起身打开门，以为门外有人，却只看到一只毛茸茸的熊脑袋。玫瑰红吓得尖叫一声，连忙转身跑开。羊羔吓得"咩咩"直叫，白鸽飞了起来，雪白藏了起来。面对惊慌失措的一家人，黑熊开口说话了："打扰了，别害怕，我绝不会伤害大家的。我快冻死了，只想进来暖一下身体。"

"哦，可怜的黑熊，"妈妈镇静地说，"快进来吧，到火炉旁，小心，别被炉火烧伤。"随后，她把两个女儿喊了出来，说黑熊不会伤害她们。两姐妹从藏身之处钻了出来，随后，羊羔和白鸽也围了过来，一点儿也不怕黑熊了。黑熊请大家把他身上的积雪清扫一下。两姐妹取来扫帚，给他刷毛，直至把雪全部清除。黑熊乐坏了，趴在火炉旁，舒服极了，不时发出"嘿嘿"的叫声。孩子们可喜欢黑熊了，肆意折腾他。她们用手扯他的毛，用小脚踩他的背，还让他在地上打滚，如果他抱怨的话，就用木棍敲打他，并放声大笑。黑熊可老实了，非常温顺，陪她们玩耍。即便她们的行为有些过分，也只是央求她们饶了他。

晚上，其他人都睡了后，妈妈就对黑熊说："你就睡在火炉旁吧，这儿暖和、干燥，你再也不用担心冷了。"第二天天刚亮，两姐妹打开门放黑熊出去，他愉快地在雪地上跑着，转眼跑进了森林。

从此，黑熊每晚都回来，躺在火炉旁，同两姐妹玩耍，无论她们想怎么玩，他都竭力配合。渐渐地，她们离不开黑熊了。每天夜里，看不到黑熊，她们就不关门。

冬去春来，大地又换上了绿装。一天早上，黑熊临出门前，对雪白说："我得走了，整个夏天都不再回来了。"

"亲爱的黑熊，你要到哪里去呢？"雪白关切地问道。

"我要回到森林深处，那里有我的巨额财富，我得保护它们，不被可恶的小矮人偷走。冬天天气冷，大地被冰雪覆盖，坚硬如铁，他们钻不出来，只好老实地待在地下。现在，天气暖和，万物复苏了，他们会从地洞里钻出来，四处溜达，见什么好就偷什么。要是他们得手，将东西拖进地洞里，就再也难找回来了。"

相伴已久的朋友要离开，雪白非常难过，不过还是打开门，让他离开。黑熊出去时，身上的毛被门环夹了一下，露出毛下面的闪闪发光的金子。雪白看到了，吃了一惊，只是黑熊走得太快，她不能肯定是金子。

没多久，两姐妹去森林里捡柴，看到一棵大树倒在地上，树干埋在杂草中。令她们惊讶的是，有一个小东西在树干旁不停地跳动。她们走近一看，原来是一个小矮人。他长着一张瘦长的脸，蓄着长胡须，也许是胡子太长了，胡梢夹在了树缝里。小矮人像一条被拴着的小狗，绕着树缝团团转，怎么也挣脱不出来。看到两姐妹后，他瞪着一双通红的眼睛，大声叫道："还站在那里干吗？没看到我被困在这里吗？"

"小矮人，我们怎样帮你？"两姐妹说。

小矮人愤怒地说："我想砍树，弄点柴火。要不是你们这些人贪婪，不仅捡走了所有的大柴火，连小柴火也不放过，如果不逼我去砍柴，我怎么会被困在这里？唉，这鬼树干太光滑了，我刚把楔子轻松敲进去，居然一松手，楔子就弹了出来。没等我把胡子拉出来，刚打开的缝隙又合上了。我就这样被困在这里了，怎么也不能离开。你们就会站在这儿傻笑！太令人讨厌了！"

两姐妹使出浑身的力气，还是不能拔出胡子。"我去喊人来帮忙。"玫瑰红说。

"喊什么人？有你们两人就够了。麻烦你们动动脑子，想想办法，好吗？"小矮人怒吼道。

"别那么急躁！"雪白说，"我有办法了。"她从口袋里取出一把剪刀，迅速地剪掉胡梢，小矮人立即恢复了自由。小矮人跳到树根旁，拾起藏在下方的一袋金子，还不停地发牢骚："你们真的太可恶了，居然剪掉我漂亮的胡子！"他边说边把口袋背在背上，一眼也不看两姐妹，很快消失在树林里。

这之后不久，两姐妹去小溪里捉鱼，远远看到一个东西在水边不停地跳动，就要跳进水里。她们赶紧跑了过去，一看，原来是小矮人。

"你这是要去哪里？"玫瑰红好奇地问道，"不会是想进水里吧？"

"我有那么蠢吗？"小矮人尖叫道，"是这该死的大鱼想把我拖进水里。"原来，小矮人在河边钓鱼时，一阵风吹来，把他的胡子缠到渔网上了。这时，恰巧一条大鱼咬上了鱼钩，可怜的小矮人力气太小，没法将鱼拖到岸上。

鱼使劲往深水里游，要将小矮人拖进水里。小矮人拼尽全力抓住所能抓到的灯芯草或草叶。可是相比于那条大鱼，他的力气太小了，不得不随着鱼的摆动而上下跳动，眼看就要脱手，沉入水中。两姐妹死死地抓住他，想尽一切办法去解开缠在一起的胡子和渔网，可都无济于事。她们实在没有办法了，只得采用上次的办法，拿出剪刀，剪断胡子。就这样，小矮人又有一部分漂亮的胡须被剪掉了。

小矮人看到胡子又被剪了，气得冲她们嚷道："你们两个，难道就想不出其他办法吗？为什么不征求我的意见，就擅自剪掉我漂亮的胡子，这叫我日后如何见人！上次剪胡梢，已令我够生气了，这次又剪掉一部分胡子，这是直接将我毁容了啊。你们快点走，离我越远越好。"说完，他从草丛里捡起一个装满珍珠的口袋，头也不回地离开，瞬间消失在一块石头后面。

事后没多久，两姐妹上街采购一些缝制衣服用的针线及丝带等物品。途中，她们经过一处荒野，那儿长有许多石南。正走着，一只一直在她们头上盘旋的老鹰，突然从空中落在前方不远处的一块石头上。紧接着，她们听见一声刺耳的惨叫。她们立即跑上前去，顿时惊讶万分，老鹰偷袭了她们的故人——小矮人，利爪紧紧抓住他的外套，欲把他带上高空。两姐妹想都没有想，立即上前抓住小矮人，不让老鹰带走他。她们与老鹰反复争夺，一来二去，老鹰的利爪抓破了小矮人的外套，只得松开爪子，飞上天。

小矮人稍微镇定后，尖声嚷道："你们就不能动点脑子，想其他方法救我吗？瞧，把我的漂亮外套撕了个稀巴烂。"说完，他捡起一袋宝石，钻进石头下方的地洞里。

两姐妹丝毫不计较他不懂感恩，继续赶路。当她们返回时，看到小矮人正在一片空地上晒宝石，他以为太阳落山了，再不会有人来这里了。金色的晚霞照在亮晶晶的宝石上，闪烁着绚丽的光芒。看到这些漂亮的宝石，两姐妹待在原地，睁大双眼，傻傻地盯着。

小矮人看到她们，唯恐她们来抢自己的宝石，尖声吼道：

"瞧什么？还把嘴张那么大，想干什么？"因愤怒和恐惧，他原本灰白的脸涨得通红。

小矮人一边喋喋不休地怒吼着，一边拾起宝石准备离开。这时，一阵震耳欲聋的咆哮声传来，一只大黑熊从森林里钻了出来。小矮人吓得心都快跳出来了，扔下口袋，转身就往地洞里跑。可是，他哪里跑得过黑熊，很快就被他踩在地上。

小矮人惊恐万分，浑身哆嗦，哭喊着："尊敬的黑熊先生，求求您，饶了我吧！我会把我收藏的所有金银珠宝送给您。您瞧，地上的那些宝石多漂亮啊。您大发慈悲，饶了我吧！"黑熊可没耐心听他说话，利爪紧缩，一下子将小矮人捏死了。

两姐妹也吓得跑开了，可不久就听到一个声音在身后喊："雪白、玫瑰红，别跑，我是你们的朋友黑熊，等等我，我们一起回去。"她们听出是黑熊的声音，高兴地停下脚步。黑熊缓步走向她们时，身上的熊皮逐渐脱落，最后完全掉在地上，一个浑身金光闪闪的英俊王子站在她们面前。

"我是本国的王子，被那个可恶的小矮人施了魔法，变成了一只大黑熊。不仅如此，他还偷走我大量的金银珠宝。只有他死了，才能解除我身上的魔咒，恢复自由。好了，他终于罪有应得被我杀死了。"王子解释。

后来，王子娶了雪白为妻，他的哥哥则娶了玫瑰红。他们找出小矮人偷走的所有财宝，一分为二。他们还把姐妹俩的妈妈接了过来一起住，从此幸福地生活着。

妈妈来时，带来院子里的两株玫瑰移栽在新房子的窗前。每年，它们都如期盛开，绽放着这个世上最艳丽多姿的红玫瑰和白玫瑰。

癞蛤蟆和宝石

　　很久以前，有个寡妇和两个女儿相依为命。大女儿容貌和性格与她的母亲非常相近，不管谁看到她，就如同看到她的母亲。她们俩一样古怪，狂妄自大，尖酸刻薄，极难相处。

　　小女儿呢，则继承了她父亲的禀性，彬彬有礼，温顺和蔼，长得也美若天仙。俗话说，物以类聚，人以群分，也就是说，人们总是喜欢和自己性格、容貌相近的人相处。这位寡妇也不例外，因而她喜欢大女儿，可以说视她为掌上明珠，很是溺爱。对小女儿呢，她却非常讨厌，不仅每天安排她干各种各样的活，还要求她只能在厨房里吃饭，不准她上餐桌。

　　每天，可怜的小女儿都要头顶一个大水罐，到离家一里半的地方打两次水。一天，她在泉水边打水时，一个衣衫褴褛、可怜兮兮的老妇人来到她身边，求她给点水喝。

　　"老奶奶，我这就打水给您喝。"小女儿爽快地说。她唯

恐水罐脏，将它彻底清洗了一遍后，舀了最清的泉水，递给老妇人。为了方便她喝水，她一直双手捧着水罐。

老妇人痛快地喝完水后，用衣袖擦干嘴，对小女儿说："好可爱的小姑娘，你不仅人长得美，心灵更美，那么善良，那么懂礼貌，我要送你一份礼物。"

原来，这个老妇人是仙女变的，她故意乔装成可怜兮兮的老太婆，就是要考验这个貌美如花的小姑娘，是不是心地善良，性格温顺，彬彬有礼。现在，她非常满意，开心地说道："这份礼物很特别，以后你说话时，每说出一句话，就会从嘴里吐出一朵鲜花或一颗珠宝。"说完，她就消失了。

因为给老奶奶水喝，小女儿回家的时间比平常晚了一点儿。母亲厉声斥责她，说她在泉水边偷懒，故意拖延时间。

小女儿说："妈妈，抱歉，让您久等了，我应该早点到家。"她说这些话时，嘴里吐出了几朵鲜花和几颗宝石。

看到小女儿嘴里吐出的东西，她的妈妈惊呆了，忙问："孩子，你嘴里怎么能吐出鲜花和珠宝，这是怎么回事啊？"这可是她第一次亲切地称小女儿为孩子。

小女儿很诚实，便把事情的经过一五一十地告诉了妈妈。她说话时，不计其数的珠宝和鲜花从她嘴里吐了出来。

听了小女儿的话，妈妈连忙喊她的姐姐："芬妮，你快下楼来，看你妹妹说话时，她嘴里吐出了什么？我要你也去泉水边打水，希望你也能得到这样的礼物。你拿着家中最好的银水壶去吧，要是有个可怜兮兮的老太婆向你讨水喝，你要毕恭毕

敬地给她水喝。"

"我可从未打过水呀！头顶着水壶的模样可不好看！"这个养尊处优惯了的女孩极不情愿地说。

"快去打水吧，我的心肝宝贝！你会交上好运的！"母亲高兴地说。

大女儿极不情愿地提着银水壶向泉水走去，一路上抱怨个不停。刚到泉水边，她就看到一位衣着华丽的贵夫人，从树林里走了出来。不用猜，她就是之前妹妹碰到的那个仙女，不过这次她换上了公主装，显得非常雍容华贵。她故意用公主的口吻对她说话，就是想试探一下这个姑娘到底有多没教养。

"我辛辛苦苦来到这儿，就是为了打水给你喝的吗？"大女儿极其无礼冷笑着说，"我们家中最好的银水壶不是专门供你喝水的，当然，你要是喜欢，你自己拿它打水喝就是了，我可不会侍候人。"

"好一个没有礼貌的女孩。"仙女强压怒火，答道，"很好，既然你这么不懂礼貌，又从不替别人着想，那我也送你一份厚礼，你每说出一句话，就会从嘴里吐出一条毒蛇或一只癞蛤蟆。"

母亲远远看到大女儿打水回来了，连忙问她："一切顺利吧，我的乖女儿。"

"顺利什么呀，妈妈。"这个缺乏教养的女孩子不耐烦地回答。她说话时，一条毒蛇和一只癞蛤蟆从她嘴里蹦了出来。

"我的天哪！怎么会这样？"母亲惊恐万状地喊道，"我这是造了什么孽呀？哦！这一切不幸都是你那个该死的妹妹所赐，我一定要惩罚她。"说完，她拿一根木棍，劈头盖脸地抽打小女儿。可怜的小女儿实在无法忍受了，夺路逃往森林躲了起来。

刚好有位英俊的王子来森林里打猎，看到美若天仙的小女儿，询问她为什么独自在森林里，为何哭得这么伤心。

"哦，好心的先生！我的妈妈把我逐出了家门。"她说话时，口里吐出了几粒珍珠和几颗宝石。王子看到后，惊讶不已，忙问她到底是怎么回事。她将事情的来龙去脉原原本本地告诉了王子。王子认为她是心地善良的人，觉得娶她为妻是上天赐给他的最好礼物。随后，王子带她回宫，不久就和她举行了隆重的婚礼。

而她那个人见人厌的姐姐呢，人们远远地躲着她。爱她的妈妈也无法忍受她了，把她也逐出了家门。从此，这个蛮横无理的可怜虫无家可归，只好前往森林居住，最后惨死在森林里。